小嫻情書

愛情讓我們愛上自己、
懷疑自己、
恨自己、
憐憫自己，
也了解自己。
它讓我們深入去探究自身最遙遠
也最親近的內陸。

張小嫻

CHANNEL [A] II

蝴蝶過期居留

The Overdue Love

張小嫻

〈自序〉

在重重疊疊的時光裏

我們一直以爲，時間是自有永有的。我們在時間的長河裡經歷生老病死，歲月榮枯。然而，有科學家說，時間其實是彎彎曲曲的。

因爲彎曲，所以會有許多時空交疊。

這部小說裡的人物都在某個時空交接，或擦肩而過，或相遇相愛，或是離別之後被思念折磨。我們所謂的過去與現在，也許是虛無的。

那麼，所謂永遠，不過是人類主觀的願望，而不是一個客觀的實體。

永遠，到底有多遠？

我們追求永遠的愛，卻不知道甚麼是永遠，那是多麼的可笑？

我們老是覺得思念的時光是漫長的，而回憶都是美好的。假使時間彎曲，也就無所謂『逝者如斯』了。

我們渴望跟自己所愛的人有一個美好的將來。然而，在重重疊疊的光陰裡，並沒有所謂『將來』。

英國物理學家巴布雅在他的近作《時間的終結》一書裡說，時間不過是一種人爲的測量方式，並非眞實存在。日出月落，季節遷移，人的衰老，是物質生長的必然過程，時間和空間一樣，只是見證這一切。

巴布雅認爲，天下萬物，包括宇宙和人類，也無所謂過去與將來，只有現在。每一個『現在』都包含了從前與將來。

流逝的光陰，不過是人類的幻覺。

現在就是永遠，這是科學家說的。

在相愛之前，也許我們曾經相遇。相聚的每一刻，就是將來。縱使有一天，我們分開了，天涯各處，我們仍然是在一起的。

這樣相信的話，是不是比較幸福？

在流淌的歲月裡，我們從未分開，而是重疊又重疊。唯一的眞實，是肉體會敗亡。時光可以輪迴，人卻不能。相愛的時候，就要珍惜每一個現在。你是不會重來的，我也無可能復活。

張小嫻

二〇〇一年一月十九日

人物介紹

范玫因：
暗戀邵重俠，為了他而去學長笛。不開心的時候會喝嬰兒香檳。

邵重俠：
愛上已經有男朋友的林康悅，痛苦地做一個第三者。

方志安：
范玫因的舊情人。喜歡鳥，寧願做一隻高飛的鳥。

夏心桔：
電台晚間節目Channel A的主持人。

The Overdue Love

林康悅：
同時愛著兩個男人，最後兩個都失去。

姜言中：
為了追求自由而離開以前的女朋友。

杜蒼林：
深愛莫君怡，可惜不能夠跟她結婚。

莫君怡：
愛上已婚的杜蒼林。相信世上有永遠的愛。

周曼芊：
姜言中的舊情人，一直希望自己能夠患上夢遊症。

1.

半夜裏，范玫因被樓上的琴聲吵醒了。今天晚上，她喝光了十三瓶在便利商店裏買的嬰兒香檳才終於能夠睡着；現在，她眞想把樓上那個女人幹掉。

樓上住着一個二十來歲的女人。范玫因曾經在電梯裏碰見過這個蓄着一頭長髮的女人，當時，她懷裏抱着一大疊琴譜，口裏哼着調子，手指頭在琴譜上愉快地打着拍子。可是，她的琴技眞是糟透。她白天在彈，傍晚也在彈，如果琴音可以用來殺人，她的琴音絕對可以稱霸武林，殺人於千里之外。

然而，今天晚上，鬈髮女人的琴音跟平日有點不同。她好像一夜之間進步了。從前是殺人的魔咒，今天卻是溫柔的撫慰。她彈的是Dan Fogelberg的〈Longer〉，琴聲戛然停止了，范玫因拿起放在牀邊的長笛。從家裏的窗子望出去，是一盞昏黃的街燈，就跟她八年前在邵重俠的房間裏看出去的那盞街燈同樣的寂寞。

她用長笛吹了一闋柴可夫斯基的〈思念的旋律〉。她吹得不好，她學長笛的日子太短了。當天忽然學起長笛來，也是爲了邵重俠。那年夏天，她在同學會的聚餐會上遇到他。他就坐在她旁邊。

『從前在大學裏好像沒有見過你。』邵重俠說。

范玫因微笑點頭。邵重俠比她高班，而且是不同系的。他不是沒見過她，只是他忘記了吧。范玫因曾經跟他的室友邱清智走在一起。他們第一次見面的時候，她在邱清智的被窩裏。那天晚上，邱清智告訴她，他的室友應該不會回來。當他們在牀上做愛的時候，邵重俠忽然喝得醉醺醺的跑回來，邱清智尷尬地把她藏在被窩裏。她在被窩的縫隙裏偷偷看到了邵重俠。

邵重俠在邱清智的牀邊坐了下來，垂頭喪氣的說：

『可以聊天嗎？』

『我很累！明天吧！』邱清智打了幾個呵欠，假裝要睡。

邵重俠只好站起來，回到自己的牀上。

待到半夜裏，邱清智竟然睡着了，范玫因怎麼推也推不醒他，只好悄悄的從被窩裏爬出來。她聽到邵重俠在漆黑中嗚咽。她躡手躡腳的想走出去，邵重俠忽然從被窩裏探出頭來，聲音沙啞的問：

『誰？』

『我！』她嚇了一跳。

『你是誰？』

『我是剛才躲在被窩裏的人。』

『對不起，我不知道你們——』

『沒關係。』她聳聳肩膀。

房間的窗子外面，可以看到一盞黃澄澄的街燈。范玫因看到了邵重俠半張臉，邵重俠卻看不清楚她。

『我聽到你在哭，是不是失戀？』她問。

『只是想起舊情人。』邵重俠說。

『你們分手多久了？』

『很久了。』

『爲甚麼會分開？』

『她愛上了別人。』

『你仍然很愛她嗎？』

『她是我的初戀。』

『她不愛你了，你多麼愛她也是沒用的。』

『你說得對。』悲傷的震顫，『謝謝你。』

『不用客氣。』

『我們還可以聊下去嗎？』

『改天好嗎？我現在沒有穿衣服，我快要冷死了！』范玫因身上只有一條牀單。

『喔，對不起！』

『我走了！在我離開之前，不要開燈。』

『你可以答應我一件事嗎？』

『甚麼事？』

『不要告訴別人你看到我哭。』

『好的。你也不要告訴別人你在這裏看見我。』

『我根本看不見你的樣子。』

『好極了，那我便用不著把你的雙眼挖出來！』

『你是不是看武俠小說看得太多了？』

『再見！』范玫因捲著牀單揚長而去。

『再見，女俠！』

後來，范玫因跟邱清智分開了。每一次，當她在校園裏碰到邵重俠，也會想起那天晚上的事。她從來沒有想到，許多年之後，機緣之鳥再一次降臨在他們的肩膀上。她看到邵重俠手指上並沒有戴着結婚戒指，她的心忽然篤定了。更幸運的，是邱清智並沒有來。她也向邵重俠打聽過了，畢業之後，他跟邱清智沒有再聯絡。

那天晚上，范玫因和邵重俠交換了名片。回家之後，她等了很長的一段日子，邵重俠並沒有打電話給她。他並沒有愛上她吧？然而，思念卻折磨着她。

一天下午，范玫因來到邵重俠的辦公室樓下。她想假裝偶遇他。可是，當她看到邵重俠從大廈裏走出來，她卻沒有勇氣跑上前。她只敢默默的跟蹤他。她跟蹤了他好幾天。他住在跑馬地景光街，樓下有一間樂器行。她突然想到一個比偶遇他更好的方法。

她走進那間樂器行，負責人是個年輕的女人。

『我想來學樂器。』范玫因說。

『你要學哪一種樂器？我們這裏有鋼琴、電子琴、小提琴、單簧管、長笛，還有古箏和琵琶。』

『長笛。』范玫因說。她喜歡笛子。

『你想上星期幾的課？』

『每一天。』

『長笛的課只有星期三和星期五。』

『這兩天都學。』

教長笛的老師放假，代課老師名叫翟成勳，年紀和她差不多。長笛班裏，總共有四個學生。一個十二歲，一個九歲，一個更小，只有七歲。當她第一次走進課室時，三個小孩子恭敬地叫她老師。直到眞正的老師走進來，他們才知道她是班上最老的學生。

她的苦心並沒有白費，終於有一天傍晚，她在樂器行裏看到邵重俠從外面回來。她匆匆揹上背包走出去，在門口碰到了他。

『咦，是你？』范玫因露出一副驚訝的神情，問他：『你爲甚麼會在這裏？』

『我住在樓上。』邵重俠說。

『眞巧！我在這間樂器行學樂器。』

『你學甚麼樂器？』

『長笛。』

邵重俠瞄了瞄她，露出奇怪的表情。

『你一定覺得我現在才學樂器太老了，是嗎？』

『年紀老一點才學樂器，說不定領悟力也會高一點。』邵重俠笑了笑。

『喔，謝謝你。』頓了頓，她問：『你知道這一帶有甚麼好吃的嗎？』

『你還沒有吃飯嗎？』

范玫因搖了搖頭。

『有一家日本料理很不錯，我來做東吧，反正我還沒吃飯。』

吃壽司的時候，范玫因的心跳得很快。從中學開始，她的追求者從未間斷，她也從來不需要暗戀別人。可是，她現在卻不明不白的暗戀着這個男人。回家的路上，她想，愛情來的時候，也許是一種報應吧。今天晚上，她要早一點睡覺，因爲她答應了明天早上叫邵重俠起牀。剛才吃飯的時候，他說明天大清早有個早餐會議，他怕自己起不了牀，她立刻自告奮勇的說：

『我打電話叫你起牀吧。』

『那怎麼好意思？』

『沒關係，我一向很早起牀的。』

她哪裏是個早起的人？今天晚上，她不敢睡。她抱着鬧鐘看影碟，一直待到天亮。她怕自己睡過了頭，忘記了叫邵重俠起牀。

早上七點半鐘，她用愉悅的聲音在電話裏跟邵重俠說：

『起牀了！』

邵重俠矇矇矓矓的說：『謝謝你！』

後來，范玫因知道了邵重俠每天也沒法早起，於是，她說：『我每天起牀的時候也叫你起牀吧！』

就是這樣，邵重俠每天早上聽到的第一把聲音是范玫因的聲音。范玫因每天臨睡前的願望，是明天能夠聽到邵重俠的聲音。她的每一個清晨，從此變得踏實了。這麼幽微的心事，難道邵重俠看不出來嗎？然而，他沒有任何的行動。

范玫因仍然每星期兩天到樂器行裏學長笛，她差不多每天都會跟邵重俠通電話，他們偶而會一起吃飯、聊天，甚至去看電影。也許，邵重俠並不是不知道她的心意，他只是沒有愛上她。

一天晚上，他們兩個從電影院出來，邵重俠忽然說：『你是我的好兄弟！』

范玫因生氣極了，整個晚上板起臉孔，邵重俠還以爲她在鬧甚麼情緒。

難道她在邵重俠心中眞是如此不堪，連半點吸引力也沒有嗎？還是邵重俠故意這樣婉轉地拒絕她？

隔天，范玫因跑去把一頭長髮剪短了。邵重俠看見她的時候，嚇了一跳。

『你爲甚麼把頭髮剪短？』邵重俠問。

『這樣才能跟你做兄弟！』范玫因幽幽地說。

『你的短髮很好看！』

邵重俠說她好看的時候，范玫因忽然又心軟了。這個人眞壞，每當她再也熬不住了，想放棄了，他又在她心裏燃起了希望的火光。她想，或許他終於會愛上她的。有那麼一天，他會把她擁入懷裏。

一天晚上，范玫因在樂器行上完課出來，看見邵重俠在樂器行外面徘徊，似乎在等她。她以爲，那一天終於來臨了。

『我記得你好像是這個時候下課的。』邵重俠說。

『你是不是想請我吃飯？』她俏皮地問。

『你喜歡吃甚麼？』

『單是每天早上叫你起牀的「叫牀費」也應該值不少錢吧？』

『當然！當然！』

『嗯——』范玫因想了想，說：『我想吃義大利菜，我知道有一家很不錯。』

那是一家小小的義大利餐館，沒有菜單，廚師在市場裏挑選當天最新鮮的菜回來烹調。客人吃到的，都是廚師認爲最好的。

喝蘑菇湯的時候，邵重俠問她：

『你知道暗戀的滋味嗎？』

范玫因的臉漲紅了，邵重俠是在暗示一些甚麼嗎？

『我從來沒有暗戀過別人。』她違背良心的說。

『我也沒有試過，可是，這一次——』

『你在暗戀別人嗎？』

邵重俠靦腆地笑笑。

『她知道嗎？』

『應該還不知道。』

『你爲甚麼不告訴她？』

『我怕她以後會避開我。』

『或者她也喜歡你，只是在等你開口。』

『我不知道怎樣開口，她是我的下屬。』

范玫因的眼眶紅了，連忙低下頭。一朵油花飄浮在她面前那碗蘑菇湯裏，像一顆斗大的淚珠，她覺得鼻子都酸了。她嚴重警告自己，不要哭，也不准哭。

『她長得漂亮嗎？』她抬起眼睛問他。

邵重俠微笑點頭。

『你喜歡她甚麼？』

『也許是她給我的感覺有點像我的初戀情人吧！可是，她已經有一個要好的男朋友了。』

『那又有甚麼關係？她還沒結婚。』

『搶人家的女朋友，不是我的作風。』

『如果她不愛你，你要搶也搶不到。』

她眞的是瘋了，竟然鼓勵他去追求另一個女人。

『暗戀是一種自虐。』邵重俠苦澀地說。

『嗯，我大概可以想像那種滋味。』范玫因努力裝出一副瀟灑的樣子。

邵重俠終於和那個叫林康悅的女人走在一起。他痛苦地做着第三者的角色。她太不甘心了，他寧願選擇一個有男朋友的女人，也不選擇她。

從那個時候開始，范玫因常常在便利商店裏買一種淺藍色小瓶裝的嬰兒香檳。說是嬰兒香檳，並不是給嬰兒喝的，而是那個瓶子跟一瓶小號醬油差不多。這種香檳不過是汽酒，味道很差勁。每一次，當她徹夜思念邵重俠的時候，她就罰自己喝一瓶嬰兒香檳，直到她吐了一地，或者喝醉了之後像嬰兒般睡着，才能夠抵受那撲面而來的思念。

每一天的清晨，范玫因仍然奮勇地爬起牀，像往常一樣用電話把邵重俠從牀上喚醒。可是，她知道，每天晚上，在他懷抱裏的，是另一個女人。她還等甚麼呢？她眞是無藥可救，她在等他回來。

有時候，喝嬰兒香檳也是沒用的。也許，她該去找其他男人。

一個寂寞的晚上，她無聊地上網，想找個人聊天。她在網上ICQ了一個男人。

找上他的原因，是他的代號跟邵重俠的生日是相同的。

『你知道暗戀的滋味嗎？』范玫因在網上問。

『暗戀是卑微的，因此，我會說，我從來沒有暗戀過別人。』對方回答。

『我也沒有。』網上的好處，是不必說眞心話。

每一天晚上，范玫因孤單地坐在電腦屏幕前面跟這個不相識的男人聊天。

直到有一天，那個男人約她出來見面。

『好的。』范玫因一口答應。

她選了一間酒吧作爲第一次見面的地方，這種地方可以讓她放蕩一點。

『我怎樣知道是你？』對方問。

『我總不能帶着一枝玫瑰花出現吧？這樣吧，我穿一個有玫瑰花圖案的胸罩。』

范玫因故意挑逗他。

『那我怎能看見？』

『好吧！我帶一根長笛。』

『那我也帶一根長笛。』

『一言爲定。』

當她看到這個拿着長笛的男人時，她有點意外。她以爲他是個熱中在網上結識女孩子的男人，但他看來是個很乖的男人。他自我介紹說，他的名字叫鄭逸之。

『你爲甚麼會玩 ICQ？』她問。

『我失戀了，你呢？』

『我也可以說是失戀。是的，你爲甚麼會用這個代號？』

『這是我小學一個女同學的學生編號。』

『你暗戀她？』

『是她暗戀我。』

『那後來呢？』

『後來，是我單戀她。』

『爲甚麼會變成這樣？』

『中間相隔了十一年。我們十一年後重逢，她愛上了另一個人，我只是個後備。』

『你比我幸福，我連個後備都不是。』范玫因傷感地說。

『做後備並不幸福。』鄭逸之說。

『後備起碼是有機會上場的。可是，我只是他的啦啦隊。』

『他知道嗎？』

『但願他永遠不知道。』

離開酒吧之後，范玫因和鄭逸之去了酒店。大家脫掉上衣的時候，鄭逸之看到范玫因果然穿着一個有玫瑰花圖案的胸罩。

『你眞的有一個這樣的胸罩？』

『誰騙你！』

鄭逸之爬到范玫因身上，半晌之後，他翻下來了。

『不行！我還是掛念着她。』鄭逸之痛苦地說，『請不要恥笑我。』

『那你躺著好了，讓我來！』

『好的，你來吧！』鄭逸之張開了雙手和雙腳，乖乖的躺着。

范玫因爬到他身上，動也不動，眼睛濕濕的望着他。

『甚麼事？』鄭逸之問。

『不行，我也掛念着他。』她趴在鄭逸之身上嗚咽。

『不要哭。我們不一定要做的。』鄭逸之輕輕拍着她的背脊安慰她。

『爲甚麼你也有一根長笛？』范玫因含着淚問。

『我小學時是學校長笛班的。你呢？』

『我最近才開始學的。他家樓下有一間樂器行，爲了親近他，我才去學長笛。』

范玫因爬起來，問鄭逸之：『你可以教我吹長笛嗎？』

『我已經荒廢很久了。』看到范玫因失望的表情，他說：『我試試看吧。你想聽甚麼歌？』

『你會吹Richard Marks的〈Right Here Waiting〉嗎？』

鄭逸之把長笛放在唇邊，彷彿回到了童年的歲月；只是，那支歌變成了一串哀傷的思念，流過了陌生的牀，在無邊的夜裡飄蕩。

歌是這樣唱的：『我在這裡等你……』他們兩個要等的人，卻在癡心地等待著另外的人。

第二天早上，范玫因在矇矓中醒來，一把聲音在耳邊說：

『起牀了！』

她張開眼睛，是鄭逸之，他已經穿上衣服了。

『我不知道你是不是要上班。』他說。

『是的！』范玫因連忙爬起來。

這是她第一次發覺，早上被人喚醒是多麼的幸福。她和鄭逸之在酒店外面分手，大家沒說過會不會再見。現在是 ICQ 的年代了，她還在玩暗戀，她眞是該死的落伍。她沒有再在網上找鄭逸之，她知道淫樂救不了她。

范玫因終於等到那一天了。林康悅回到男朋友的身邊。在兩個男人之間，她選擇了原來的那一個。分手之後的一個星期，邵重俠病倒了，他患上重感冒。她第一次看到他時，他在宿舍的房間裏因爲想念舊情人而哭；這一次，他居然因爲失戀而病倒了。他以爲他自己是現代梁山伯嗎？他說不定還在吐血呢！然而，她還是跑去看他。

看到邵重俠病倒在牀上，她淒然爬進他的被窩裏，怯生生的說：

『你可以抱我一下嗎？』

邵重俠怔怔地望着她。

『我只是想你抱我一下。』她把頭埋在他的胸懷裏。

邵重俠把她抱住。

『我在腦海裏想像這種感覺已經想像過許多許多遍了，是的，就是這樣。』她摟着他說。

范玫因終於剖白了自己。然而，這一次的剖白並沒有她在夢裏想過千百回的結局。邵重俠一臉歉疚的說：『你可以找到一個比我好的。』

他是永遠不會忘記那個女人的吧？

無論他多麼孤寂和傷心，他仍然不會愛上她。

『換了是別的男人，今天晚上一定會和我睡。』她不甘心的說。

『是的，你很有吸引力，但我不想傷害你。』

『我不介意做後備。』

『你怎可以做後備？』

『就連施捨一次你也不願意?』

『別這樣說，你在我心裏是高尚的。』

『我不要高尚，我要愛！』她別過頭嗚咽。

范玫因記起，八年前的那個夜晚，當她第一次遇到邵重俠時，她安慰他說：

『她不愛你，你多麼愛她也是沒用的。』

當天的一句話，難道便是今天的寫照?只是，哭泣的人換了是她。

八年前的往事彷如昨日，她和邵重俠卻是關山之遙。

樓上的琴聲又響起了。范玫因用長笛吹出那一支〈Right Here Waiting〉。八年前的那盞街燈倒退回來她的窗子外面，喚回了那些青春美好的日子。她忽然原諒了所有在半夜裏彈琴的人。午夜的歌聲，不免有悲涼的理由。

她垂頭看著自己身上那個繡著玫瑰花的胸罩，那天在被窩裡摟著邵重俠的時候，她身上穿的，也是這個胸罩。在流逝的光陰裡，羞恥轉化成遺憾，她無可救藥地思念著那個遙遠的被窩。

天快要亮了，她喝下第十四瓶嬰兒香檳。也許，待會她仍然會拿起話筒，把邵重俠從睡夢中喚醒。

2.

方志安剛剛回到家裏，電話便響起來。他拿起話筒，聽到一把久違了的聲音。

『可以出來見個面嗎？我是范玫因。』

『好的，甚麼時候？』方志安問。

『你吃了晚飯沒有？』

『還沒有。』

『那麼，去吃頓飯吧？吃義大利菜好嗎？』

掛上電話之後，方志安連忙去洗澡。洗澡的時候，他忍不住唱起歌來。一個女人忽然去找自己的舊情人，除了失戀，還有甚麼原因呢？以前就有一個女人告訴過他，她失戀的時候，會去找舊情人上牀。

『爲甚麼？』他問她。

『是要報復吧！報復現在的男朋友。』她說。

『那爲甚麼一定要找舊情人？你可以找個新相識的。』

『跟舊情人上牀，好像沒那麼吃虧，反正以前也上過了。』女人說。

『說的也是。』

『所以，如果你有很多舊情人，你是幸福的。每一次，當她們跟男朋友分手，她們會來找你上牀。』

『那我豈不是應接不暇？』

『而且，和舊情人上牀的女人，是不會有任何要求的。她們發洩過之後就會離開。』

『發洩？我是用來發洩的嗎？』

『也許我說得難聽了一點。女人去找舊情人，只是要一個懷抱，一點慰藉罷了。即使是報復，也是值得同情的。』

說這番話的女人，離開很久了，她一定生活得很幸福，因爲她還沒有來找他上牀。

方志安把臉上的鬍子刮得乾乾淨淨，然後擦上鬚後水。范玫因是要找他來報復另一個男人吧？好吧，做爲她的舊情人，他是有這個義務的。希望她還是像從前那麼可愛，沒有走了樣吧。否則，他履行義務就有點困難了。

在那家小小的義大利餐廳裏看到范玫因時，方志安的心篤定了，范玫因比從前更迷人。

『你轉行了嗎？我打電話到你的舊公司，他們說你離開了。』范玫因說。

『我辭職兩年了。』

『你跳槽了嗎？』

『不，我離開了這一行。』

『那你現在做些甚麼？』

『你每天抬起頭也會看見的。』

『跟天空有關的？』

『嗯。』方志安點點頭。

『不會是飛機師吧？』范玫因吐了一口氣。

『爲甚麼你說起飛機師的時候，會有這種表情？』

『我最近見過我的初戀情人。他以前的夢想是當飛機師，可是，這個夢想沒有實現。我以爲，竟然是巧合地由你去實現。』

范玫因最近見過初戀情人嗎？然後又來找他，她一定是輪流找舊情人報復了。

『跟天空有關，又不是飛機師，那是甚麼？』范玫因問。

『是鳥。』方志安回答說，『我管理香港的鳥，是政府的雀鳥管家。』

『香港所有的鳥都是你管的？』

『可以這樣說。當然，野生的鳥我們是管不來的。我們主要的工作是監察飼養在政府公園裏的鳥，同時負責鳥類的繁殖。』

『這跟你以前做的工作完全不一樣。』

『我更喜歡這份工作。』

『是的，我記得你家裏有許多關於雀鳥的書，那時你也常常去觀鳥。』

『每次你都不大肯去。』

『我比較喜歡人。』

『我卻寧願做一隻高飛的鳥。』方志安說。

『我也轉行了。』

『是嗎？』

『我在網路公司工作。我負責的是一個尋人網站。你有聽過嗎？missedperson.

com?』

『沒聽過。我沒有人要尋找。』

『你肯定沒有?』

『當然沒有。』

『但是，有人找你呀!』

方志安怔住了:『誰?』

『王佳佳。』

『誰是王佳佳?』

『你不認識她嗎?』

『不認識。』

『我會不會弄錯了?』

『到底是怎麼一回事?』

『她是一個住在德國的網友，小時候在香港念書。她想找她小學四年級的同學方志安。我以爲是你。』

方志安笑了：『香港可能有一千幾百個叫方志安的人呢！』

『對呀！我怎麼沒想到呢！跟你一起的時候，我就有點嫌棄你的名字太平凡。』

『你曾經嫌棄我的名字？』他有點不服氣。

『我又不是嫌棄你！』范玫因理直氣壯地說。

『說的也是。』

『你小時是不是在北角炮台山道中安台的寶血小學念書的？』

『對呀！』

『你念四年級時，大概是一九八〇年的事。』

『是的。』

『小時候的你，是胖胖的，很頑皮，最喜歡攝影和寫生。』

『是的。』

『那你還不是那個方志安！跟王佳佳提供的資料完全吻合。』

『等一下。』方志安想了想，『王佳佳這個名字好像有點熟。』

『根本你就是那個方志安！』

『你爲甚麼那麼肯定？』

『這是我的直覺！』

『我好像眞的有一個女同學叫王佳佳。』

『太好了！』范玫因興奮地說，『我要你去看看是不是這個人。』

『她來了香港嗎？』

『不。你們可以在網路上聊天。』

『她爲甚麼要找我？』

『不知道呀！也許她從前暗戀你吧。』

『她長得甚麼樣子的？』

范玫因笑了：『這個我不知道。』

『你找我就是爲了這件事？』

『你以爲是甚麼？』

『沒甚麼。』方志安沮喪地說。

『你的鳥兒幸福嗎？』范玫因問。

方志安抬頭看看天空。

范玫因用手指頭指指他藏在桌子下面的下半身，說：『我說的是你身上那一隻。』

方志安的臉紅了，說：『還好。』

他的小鳥今天一點也不好呢，他心裏想。

方志安幾乎已經把王佳佳的事情忘記了。過了幾天，范玫因打電話來催促他。

『你找了王佳佳沒有？』

『還沒有。』

『爲甚麼不上網看看，你沒好奇心的嗎？』

方志安不是沒有好奇心。然而，范玫因愈是催促他，他卻愈不想去知道自己是不是那個王佳佳要找的人。范玫因爲甚麼要他去跟小學同學相認呢？那個女人可能是暗戀他的，說不定還會發展一段感情。范玫因不妒忌的嗎？她對他已經沒有半點餘情了吧？

『好的，我會上網跟她聯絡。』最後，他答應了。

方志安照着范玫因給他的網址進入了那個尋人網站，果然有一個王佳佳尋方志安，並且留下了ICQ號碼。方志安跟她聯絡上了。

『我想我是你要找的人。』方志安說。

『你是方志安嗎？你還有攝影和寫生嗎？』王佳佳問。

『已經沒有了。』

『你記得我嗎？』

『對不起，印象真的有點模糊。』

『不如我把我的照片傳過來給你看看。』

然後，方志安看到了王佳佳的照片，蓄着一頭鬈髮的她，長得很漂亮。他開始有點印象了。小學時，他有一個長得像洋娃娃一樣、滿頭鬈髮的女同學，他最愛扯她的頭髮。她是班上最美的女孩子。

這不是飛來艷福嗎？

『我肯定就是你要找的人了！』方志安說。

『那麼，你也把你的照片傳過來吧。』

方志安在抽屜裏找到一張自己最滿意的照片傳過去。

看過照片之後，王佳佳說：『你還是胖胖的呀！』

『喔，是的，我還有一點嬰兒肥。』方志安尷尬地說。

『你有一個哥哥方載文，比你高一班的，長得比你可愛。』

『現在是我比較可愛。』

『他好嗎？』

『現在也是我比較好。』他俏皮的說。

『我們以前念的那所小學還在嗎？』王佳佳問。

『幾年前已經拆掉了。』

『是嗎？』失落的聲音。

然後，王佳佳說：『我記得學校裏面有一座很漂亮的小教堂，我常常一個人躲在教堂裏。』

『你記得阮修女嗎？』方志安問。

『記得！她很兇的呢！晃眼間，已經二十年了！我現在已經不去教堂，心事太多了，只怕天主聽到也會皺眉頭。』

方志安心裏想，又是一個失戀的女人無疑了。不過，這個失戀女人比較奇怪，她不找舊情人上牀，她找小學四年級的男同學上牀。

幾天之後，范玫因約了方志安在網路公司附近的Starbucks見面。

『王佳佳寫了電郵多謝我們，她說已經跟你相認了。她找你到底是爲了甚麼？』

方志安故意微笑不語。

『她現在是單身的嗎？』范玫因問。

『是的。』

『你也是單身的，那麼，你們會不會……』

『說不定呀！』

『但爲甚麼會是你呢？』

『我有甚麼不好？』方志安有點不服氣。

『我是說，找一個小學同學太渺茫了。』

『現代人就是缺乏這種情懷。』

『對了，你哥哥好嗎？』

『爲甚麼女孩子都愛問起他？』

『他長得比你帥嘛！』

『可惜，他一生只愛一個女人。』

『那個女作家？』

『嗯。』

『這樣深情的男人，不是很好嗎？我也希望舊情人沒法忘記我，像孤魂野鬼，永遠沒法輪迴！』

『好殘忍的女人！』

『可是，你看來並沒有思念我呀！你早就輪迴了。』范玫因呷了一口野莓味的Frappuccino，微笑說：『有件事情要向你道歉。』

『甚麼事？』

『上次見面，我說我沒有嫌棄過你，是騙你的。』

『你嫌棄過我？』

『就是你買了一條燒肉回來的那一次。你說是要拿去拜神，我沒法接受一個會去拜神的男朋友。』

『所以，後來你走了。』方志安恍然大悟。

『可是——』范玫因說，『我現在倒覺得無所謂，每個人都有一種迷信，只是大家迷信的東西不一樣罷了。雖然，我還是不明白你爲甚麼會去拜神。』

方志安笑了笑，沒有解釋。

那天晚上，方志安收到王佳佳的電郵，她打算來香港找他。他答應了。他不知道爲甚麼會答應。他眞的想見她嗎？還是，今天晚上他感到了一點屈辱？

在約定的日子，他到機場接王佳佳。她跟照片一樣，是個美人胚子。

『你住哪一家酒店？』方志安問。

『我沒有訂酒店，你家裏有沒有地方可以讓我住？』

他沒有猜錯。王佳佳說不定是給一個德國男人拋棄了，便來找個香港男人報復。報復，也是要落葉歸根，認祖歸宗的。

方志安家裏有兩個房間，他把王佳佳安頓在客房裏。

兩個人坐在陽台上喝咖啡的時候，他問王佳佳：

『你甚麼時候移民去德國的？』

『是五年級的時候。我的家人在那邊開餐館。我記得你也很喜歡吃東西。』

『是的。』

『你最喜歡吃香橙朱古力。』

『是嗎？』他有點愕然，他從小到大也不愛吃橙，他小時候愛吃的是朱古力豆。

『你還喜歡吃國貨公司的涼果。』

『涼果？是嗎？』方志安一點印象也沒有。

『你不記得運動會那天，我送了一包涼果給你嗎？那天，你拿了四百公尺接力賽跑第二名。』

怎麼他完全不記得這些事情？方志安一臉狐疑地望着王佳佳，會不會是她記錯呢？

『不過，你最喜歡的還是雀鳥。那時，學校養了幾隻白鴿，你常常去餵牠們。』王佳佳說。

這個他倒是記得的。

『沒想到你現在成了雀鳥專家。改天我可以去看看你工作的情況嗎？』

『當然可以。』

『我記得你很喜歡唱歌。』王佳佳說。

他喜歡的嗎？難道他年紀大了？往事眞的太模糊了。

第二天清晨，方志安帶王佳佳到香港公園去，這是他辦公的地方。

一隻蒼鷺生病了，方志安要餵牠吃藥。

『你跟這裏的雀鳥，感情都很好吧？』王佳佳問。

『我不能對牠們太好的。』

『爲甚麼？』

『假如我對牠們太好，牠們會忘了自己是鳥。』

『那牠們以爲自己是甚麼？』

『牠會以爲自己是人，可以跟人談戀愛，於是就不肯去跟異性的雀鳥交配，那便沒法繁殖下一代了。』

『那不是很可憐嗎？』

『牠們到底不是人。』方志安搖搖頭。

『人類的歷史是由人寫的。』王佳佳說。

『那是甚麼意思？』

『如果是鳥寫的，牠們可能會說，鳥對人太好，人會愛上鳥，忘記了自己是人。』王佳佳掃着那隻蒼鷺身上的羽毛說。

『是的，人和人之間也有許多誤解，何況是人和鳥呢？我以前有一個女朋友，她因爲我買了一條燒肉去拜神而跟我分手。』

王佳佳笑了：『你爲甚麼會拜神呢？你不像一個會去拜神的人。』

『那陣子我常常賭馬，拜神是希望自己贏錢。』

『你是賭徒？』

『不，我只是想贏一筆錢，然後買一所房子跟她一起生活。』

『她說過要你買房子嗎？』

『沒有。』

『那就是呀！』

『因爲很想和她有將來，所以，想買一所房子。可是，她不明白。我現在不賭馬了，也沒有房子。』

『我記得你喜歡砌積木的。你砌過一幢房子，還拿了獎呢！你曾經擁有過一幢房子的。』王佳佳說。

『我從來不砌積木的，我沒耐性。』

『喔，是嗎？』王佳佳怔忡了片刻，『也許我記錯了，畢竟是很遙遠的事。你還記得我們有個男同學名叫翁朝山的嗎？』

『對，我們常常一起玩的。』

王佳佳舒了一口氣，說：『幸好，這一次我沒記錯。你們還有聯絡嗎？』

『小學畢業之後，已經各散東西了。』

『你有沒有他的消息？』

方志安搖搖頭，說：『即使在街上碰到，也不一定認得出來。』

『對了，今天晚上，由我來下廚好嗎？』王佳佳說。

『你？』

『你忘了我家裏是開餐館的嗎？我去買菜，你下班回來就可以吃飯了。』王佳佳興致勃勃地說。

望着王佳佳離去的背影，方志安有些茫然。人的記憶都是有選擇性的吧？大家記着的事情，是不一樣的。這個突然闖進他生命的女人，是來尋找哪一些記憶呢？

晚上，方志安回到家裏的時候，王佳佳已經做好了三個菜。她捧着第四個菜從廚房出來。

『這個你一定喜歡的。』王佳佳鬼馬地說。

『是甚麼？』

王佳佳掀開蓋子，說：『是黃芽白煮燒肉。是燒肉呢！』

方志安笑了：『你眞是很會諷刺人！』

王佳佳做的菜很好吃，他想，一輩子和這個女人一起生活，也許是不錯的。

雖然，他對她的了解還是太少了。

『如果能夠找到翁朝山便好了，我們三個人可以敘敘舊。』王佳佳說。

『對了，愛砌積木的，好像是他。』

『是嗎？我都把你們弄錯了。眞的沒辦法找到他嗎？』

『重逢也是要緣分的。』

『他現在變成怎樣呢？會不會已經結婚了？』

『他也許已經忘記了我和你。』

『會嗎?』王佳佳臉上流露了惆悵。

『說笑罷了,你長得這麼漂亮,他怎會忘記呢?』

『有一次,我一個人躲在學校的小教堂裏哭,你來陪我玩搖搖,你記得嗎?』

『我不記得有這件事。』方志安茫然說。

『哦,也許我記錯了。』王佳佳低下頭吃飯。

是他記性太壞了,還是她的記性太壞?他望着王佳佳,她一直沉默着,那個神情,充滿了沮喪和失望,她要找的那一段記憶,是眞實的嗎?

他們默默地吃完那頓飯。

『我來煮咖啡吧。』方志安說。

在陽台上喝咖啡的時候,王佳佳沒有再提起那些遙遠的往事了。她只是拿着他那本《鳥類圖鑑》,問他:『這是甚麼鳥?這個呢?你都見過嗎?』

他們因爲往事而相聚;然而,這一刻,童年的記憶彷彿又變得陌生了。王佳佳的眼眸裏，已經失去了重逢的神采。他多麼願意自己是她回憶中的那個人。可惜，他的確不曾在教堂裏跟她玩搖搖。

夜裏，方志安努力去做一個夢，希望夢回童年的日子；可是，他在牀上翻來覆去，還是記不起王佳佳說的那些片段。

幾天之後，王佳佳向他辭行。

『我要回德國了。』她說。

『這麼快就走？』

『嗯，餐館需要我呢！』

『我送你去機場吧。』

『不用了。』

方志安替她拿了行李，說：『走吧，我送你。』

分手的時候，王佳佳抱了抱他，說：

『對不起，我可能找錯了人。』

方志安微笑著，從背包裏拿了一份禮物出來，說：『給你的。』

『是甚麼來的？』

『你拆開來看看。』

王佳佳把禮物紙拆開，是一盒香橙朱古力。

『本來想遲些才送給你，沒想到你那麼快要走。』方志安說。

『謝謝你。當我抬頭看到天上的鳥兒，我會想起你。』臨別的時候，王佳佳說。

方志安目送着王佳佳離去。他的確是方志安，可是，他知道她要找的是翁朝山。那些往事，是屬於翁朝山的。

回到辦公室，他打了一通電話給范玟因。

『出來喝咖啡好嗎？』他問。

在Starbucks見面的時候，范玫因說：

『還以爲安安和佳佳應該是一對的呢！海洋公園那對熊貓也是叫安安和佳佳。』

『這個佳佳不是熊貓，是過境鳥。』

『過境鳥？』

『是一種在移棲時，短暫停留在某個地方，然後繼續往前飛行的鳥類。』

范玫因燦然地笑了：『我們生命中，不是也有許多過境鳥嗎？』

『是的。』他微笑。

『你的鳥兒好嗎？』她問。

方志安望了望自己身上的小鳥。

『我是說天空上由你管理的那些。』

他的臉紅了，笑笑說：『還好。』

范玫因望着窗外的天空，說：『那就好了。有鳥兒的天空比較漂亮。』

方志安離開Starbucks，回到辦公室。那隻生病的蒼鷺已經復原了，他把牠放回公園裏，看着牠拍翼高飛。

過境的鳥，只是一個美麗的偶然。

3.

凌晨十二點半鐘，林康悅駕着她那輛小小的敞篷車回家。車停好之後，她並沒有立刻把收音機關掉，她還想聽下去。夏心桔在節目裏提出了一個問題：

『如果可以讓你回去人生某個階段，你要回去哪個階段？』

她又要回去哪個階段呢？

她就要現在這種幸福的日子。

她走出電梯，一邊哼着歌一邊從皮包裏掏出鑰匙開門。門開了，她亮起客廳裏的燈。翁朝山直挺挺的坐在沙發上，眼睛冷冰冰的，嚇了她一跳。

『你還沒有睡嗎？』

『爲甚麼這麼晚才回來？』他幽幽的問。

『不是告訴過你，我今天晚上跟老同學吃飯嗎？』

『玩得開心嗎?』翁朝山微笑着問。

『嗯!我們很久沒見面了。』

『你今天打扮得很漂亮。』他說。

『是嗎?』她今天穿了一襲黑色的緊身連衣裙,是去年買的,一直放在衣櫃裏,沒有怎麼穿過。

她脫掉鞋子,在翁朝山身邊坐了下來,依偎着他說:『李思洛結婚了,羅曼麗跟男朋友鬧得很不開心。』

『跟老同學見面也要穿得這麼漂亮的嗎?』翁朝山的目光充滿懷疑。

『你又來了!』她望着他,很想說話,最後還是把話吞進肚子裏。

『我去洗澡。』她站起來,走進房間裏。

翁朝山望着她頹喪的背影,他有點痛恨自己。

林康悅洗澡的時候,翁朝山也脫掉了衣服走進來。

『對不起。』他在後面抱着她，頭擱在她的肩膀上。

『你爲甚麼老是懷疑我？』林康悅生氣的說。

『我不是懷疑你，這麼晚了，還不見你回來，我擔心你。』

林康悅轉過身來，難過地望着翁朝山，說：『你已經不再信任我了。』

『沒有這回事。』翁朝山拿了一塊肥皂，在手上揉開了泡沫，塗在她身上。

『你知不知道每個女孩子在參加老同學的聚會時，都會刻意打扮自己的？因爲大家都不想在外表上輸給對方。』林康悅覺得她因爲那一襲黑色裙子而受了委屈，不能不說出來。

『我不知道，我只知道你不回來，我便睡不着。』翁朝山說。

『你永遠也不會再像從前那麼愛我了，對嗎？』她悲哀地問。

翁朝山捧着她濡濕的臉，說：

『我和從前一樣愛你。』

他拿起蓮蓬頭，替她沖去身上的肥皂和臉上的眼淚。

林康悅蹲了下來，臉埋在雙手裏。她應該相信他嗎？還是，他所說的每一句話，只是愛的謊言？

翁朝山也蹲了下來，溫柔地把林康悅掩着臉的一雙手拉開，說：『快點穿上衣服吧，這樣會着涼的。』

林康悅搖了搖頭，把翁朝山手上的蓮蓬頭拿過來，擱在他的肩膀上，讓熱水緩緩流過兩個人的身體。她坐了下來，緊緊地摟住翁朝山，雙腳纏着他的身體。水蒸氣在四周瀰漫着，這一刻，除了水聲和呼吸聲，她甚麼也聽不見，也看不見翁朝山的臉，一種溫柔的幸福降臨在她身上，喚回了更加美好的歲月。

那個時候，她正和翁朝山熱戀。一天晚上，她和羅曼麗在尖沙咀吃晚飯。吃完飯之後，她們在彌敦道散步。那一帶有許多流動小販的攤子，她在其中一個賣胸針的攤子上看到一個『Love』字的胸針。那個『Love』是用許多顆假寶石嵌成的。

『我要買這個！』她拿起那個胸針。

『不是吧？』羅曼麗搖着頭問她。

『爲甚麼不？』

『你不覺得很肉麻嗎？』

但她始終不肯放下那個胸針。

『誰會買這個字的胸針？』羅曼麗說。

『你不需要「Love」嗎？』

『但是，沒有人會把需要掛在胸前的呀！』

林康悅沒有理會羅曼麗的勸告，堅持把那個胸針買了下來。

『要是你把這個胸針掛在身上，我才不要跟你一起外出。』羅曼麗笑着警告她。

她根本沒有打算把那個胸針掛在身上。它很沒有品味、很粗糙。然而，那一刻，她不聽羅曼麗的話，硬要買這個胸針，也許是因爲正在熱戀吧？

心裏有愛，被人愛着，也愛着別人，整個世界都充滿了愛，看到『Love』這個字，雙眼也會發光。明明知道自己不會別這個胸針，仍然買了下來，因爲她正在享受愛，也正在感受愛。那個時候，她忽然理解，壞的品味，也許有幸福的理由。

她告訴翁朝山：『羅曼麗說，要是我別上這個胸針，她拒絕和我一起外出。』

翁朝山聽了，只是微笑不語。他的微笑裏，充滿了幸福。她從來沒有在一個男人臉上看過這麼幸福的神情。一向以來，都是男人許諾給女人幸福；然而，那一刻，她很想給他幸福。可是，這個幸福的許諾並沒有兌現。她曾經以爲翁朝山是她最後一個男人了。後來，她卻愛上了另一個人。

邵重俠是她的上司。大家認識的時候，他就知道她有男朋友了。

一天，她發現自己放在荷包裏的一張照片不知甚麼時候不見了。那是她四歲的時候在家裏那棵聖誕樹下面拍的，底片已經沒有了。

到底是甚麼時候遺失了的呢?她在家裏怎麼找也找不到。那天傍晚,她一個人在辦公室裏,翻箱倒篋的找。

『你在找甚麼?』邵重俠問。

『我在找一張照片。不知道在甚麼地方遺失了,那是我很喜歡的一張照片。』

『是這一張嗎?』邵重俠從皮包裏掏出她遺失了的那張照片。

『就是這一張!』林康悅歡天喜地的說。她還以爲,她會永遠失去這張照片。

『你是在哪裏拾到的?』她問。

『在咖啡機的旁邊。』

『一定是我買咖啡的時候不小心掉了的。你是今天拾到的嗎?』

『是四個月之前。』邵重俠說這句話時,耳根陡地紅了起來。

她忽然明白了。

這個男人一直偷偷藏起她的照片。

她望着邵重俠，他滿臉通紅。誰能拒絕這種深情呢？那一刻，她愛上了他。那時候爲甚麼會愛上他呢？她心裏不是已經有另一個人嗎？那是她曾經相信的幸福。也許，她太年輕了。人在更年輕的時候，總是對愛情需索無度。

林康悅瞞着翁朝山，偷偷的和邵重俠見面。她用上了許多藉口：開會、加班、跟老同學聚會、和羅曼麗吃飯……，爲了另一段感情，她說了不少的謊言。而其實，她從來就是一個不善於說謊的人。

一天晚上，當她從邵重俠的家裏走出來，她看見翁朝山幽幽地站在對街那家便利商店外面等她。原來，翁朝山從家裏跟蹤她來這裏。看到他的那一刻，她震驚得想立刻逃跑。可是，她能逃到哪裏呢？她在他面前，慚愧得沒法抬起頭來。還是翁朝山首先問她：

『你要跟我回去嗎？』

她望着翁朝山，她從來沒有在他臉上看過這麼痛苦的神情。她是多麼差勁的一個人？她在他眸中看到一個殘忍的自己。甚麼時候，她已經忘記了在彌敦道的流動攤子上買『Love』胸針的幸福？又在甚麼時候，她開始義無反顧地背叛一段摯愛深情？而這一刻，這個男人的臉上甚至沒有一絲怨恨。他來這裏，彷彿是要帶這個迷途的小女孩回家。

她回報他的深情，竟是背叛。她多麼痛恨她自己！

兩個人坐在那輛敞篷車上的時候，她掩着臉失聲地飲泣，翁朝山一句話也沒有說。收音機擰開了，夏心桔在節目裏問：

『無限的盡頭究竟在哪裏？』

這個問題，來自米謝．勒繆的一本小書，書的名字是《星星沒有出來的夜晚》。一個小女孩在暴風雨之夜，對於無限、生命、死亡、自我、愛與孤寂提出了許多問題。

無限的盡頭在哪裏？

她的哭聲在寂靜的夜裏迴盪，翁朝山卻一直痛苦地沉默着，哭的爲甚麼不是被背叛的那個人呢？無限的盡頭是愛。他用無限的寬容來饒恕一個不忠的情人。

他太愛她了，他是來帶她回家的。冷冽的風從外面吹進車廂裏，翁朝山伸手去後座拿起自己的外套鋪在她身上。林康悅哭得更厲害了。她很想跟他說對不起，可是，在這一刻，『對不起』這三個字對他來說，太痛苦了，翁朝山也許寧願她沉默。誰能忍受自己的愛遭受背叛和遺棄呢？那一刻，她才深深的知道，她愛的是翁朝山。她不能想像他從她的生命中消失。沒有了他，那些日子將會多麼難過？

林康悅離開了那家公司，離開了邵重俠。愛總是有輕和重。有些愛情輕盈，有些愛情比較重。歲月會決定它的重量。她只能辜負遲來的一個。邵重俠在她的生命裏，遠遠比另一個男人輕盈。他的價值，也許是讓她知道，她更愛翁朝山多一點。如果不曾愛過另一個人，她怎麼知道，她最不能夠失去的，是翁朝山的愛？她回到他身邊，用以後的日子償還她對他的虧欠。

可是，她曾經見過的，在翁朝山臉上的那個幸福的笑容，自她回來之後，彷彿就沒有再出現過了。有時候，他會變得多疑和憂鬱。

一天晚上，她發現翁朝山在書房裏翻她的東西。

『你在找甚麼？』她問。

『我在找我的電話簿。』翁朝山說。

她知道翁朝山在偷看她的日記。

自從她回來之後，翁朝山總是害怕她會再一次離開。因爲內疚，她一次又一次的，由得他懷疑。誰叫她曾經辜負過他呢？也許，他還需要多一點的時間，才能夠像從前那麼相信她。她會等待。

今天晚上，她和幾個老同學見面，翁朝山竟然又懷疑她。他說是擔心，她知道是懷疑。他是永沒可能忘記過去的吧？

翁朝山把水龍頭關掉，用一條大毛巾把她牢牢的包裹着，溫柔的說：

『現在去睡吧。』

林康悅忽然覺得，她是他放在掌心的一隻小鳥。她曾經從他手上飛走，她背叛過他，她願意用她的餘生去修補那道裂痕。

後來，有一天晚上，她在羅曼麗的家裏陪着她。羅曼麗跟男朋友吵架了。她跟那個男人一起一年零三個月了，可是，那個男人依然想念著七年前的舊情人。他根本不愛她。

『我想去找那個女人。』羅曼麗說。

『那個女作家？』

『嗯。』

『你找她幹甚麼？』

『只是去看看。』

『你知道她住在哪裏嗎？』

『不知道，但我可以去出版社碰碰運氣。』

『你要看些甚麼？』

『她在我愛的男人心中永垂不朽，我是既羨慕也妒忌，要去仰望一下。』

『別瘋了！』

『不去仰望，去自憐也是好的。你猜邵重俠會不會偷偷去看你，或者看翁朝山？』

『我不知道。』

『這個世界上，每天到底會有多少人去偷看舊情人和舊情人的情人呢？』

林康悅笑了：『有誰知道呢？被偷看的人，也許是比較幸福的。』

『你愛的，到底是翁朝山，還是邵重俠？』

『翁朝山。』林康悅甜絲絲的說，『他在我心中也是永垂不朽。』

今夜刮起暴風雨，林康悅那輛敞篷車在公路上飛馳。她想快點回去，翁朝山會擔心她的。

她擰開車上的收音機，夏心桔的節目播出了最後的一支歌，那是Dan Fogelberg的〈Longer〉，地久天長。然而，這一段路卻好像永遠也走不完，她想快點回去。翁朝山一定還沒有睡。他說過，她不回去，他是睡不着的。

當她打開門的那一刻，迎接她的不是溫柔的等待，而是一張憤怒的臉。

『曼麗的心情壞透了，所以我……』她連忙解釋。

『你眞的是在她那裏嗎？』翁朝山問。

『是的。』她囁嚅着，她從沒見過他這麼兇。

『這是甚麼？』翁朝山把一個信封遞到她面前。

她接過那個信封，裏面是一張違反交通規則的罰單。

她不明白他爲甚麼這麼憤怒。

『我忘記了繳交罰款！』她說。

『這張罰單是兩個月前發出的，地點是跑馬地，姓邵的那個男人，不就是住在那裏嗎？』

『你以爲我去找他？』她覺得受了很大的委屈，『那天晚上，我就是去跟老同學吃飯。飯後，我送李思洛回家，她是剛剛搬到那裏的，我事前也不知道。』

『你眞是一個說謊的高手，我比不上你！』翁朝山冷冷的說。

『我根本沒有說謊！』

『你說過的謊話實在太多了！今天晚上，又是跟姓邵的見面吧？』

『你太過分了！』她向他咆哮，『既然你不相信我，爲甚麼還要跟我一起！你從來就沒有原諒過我，那爲甚麼還要假裝大方！』

『是的，是我的錯！』翁朝山痛苦的說。

『我不是這個意思——』

她望着翁朝山，眼淚從他的臉上滾下來。她從來沒見過他哭。她太知道了，他沒有辦法忘記她的背叛。他懷疑她的時候，比她更痛苦。她曾經很願意用她的餘生去修補這段感情的裂痕，但她現在明白了，無論她這一輩子多麼努力，也無法修補。他們流着淚對望，她比從前愛他更多，他又何嘗不是？然而，也是時候要完了。

第二天，林康悅一個人搬了出去。那輛敞篷車仍舊停在大廈裏，那是翁朝山從前送給她的禮物。夜裏，只剩下他一個人，他不用再等門了。

翁朝山多麼討厭自己？曾經有一天，他竟然偷偷翻看她的日記。一次又一次，只要她不在身邊，他便會聯想到她是和另一個男人一起。

這一輩子，他也沒法忘記那天晚上發生的事。他從家裏跟蹤她出來。她坐的那輛計程車停在跑馬地景光街一幢公寓外面，姓邵的男人在那裏接她，他們一起走上去。他就知道她偷偷的和別人來往。他站在對街的便利商店外面等她。他既憤怒而又害怕，他害怕失掉她。那一刻，他才知道自己愛她比他所以為的更多。

等待的每一分每一秒，都是椎心的折磨。當林康悅從大廈裏出來的時候，她臉上是帶着微笑的，她是給別人抱過吧？有哪個男人可以承受這種苦楚？他走上前去，接她回家。他很想忘掉她的不忠，可是，曾經有過的裂痕，是永遠不可能修補的。他討厭自己變成這個樣子，他不想再懷疑她，那會削弱他對她的愛。也許，唯有分開之後，兩個人各自的生活，他才能夠永遠思念她。

無限的盡頭究竟在哪裏？

林康悅一個人走了出來，她沒有恨翁朝山，她知道他心裏是多麼的難受。告別，只是不想再彼此傷害。她的錢包裡，放着一張翁朝山的相片，那是他九歲那年照的。他手上拿着一片香橙朱古力，笑得天眞而幸福。這樣幸福的微笑，在他們一起的日子裏，她是曾經見過的。

如果可以選擇回到人生某個時刻，她要回去沒有裂痕的時候。她以爲裂痕是可以用愛去修補的，原來她錯了。

無限的盡頭不是愛，愛是有限的，止於背叛和不忠。這一次，她知道翁朝山不會再來接她了。

4.

午夜一點二十分，羅曼麗拿著電話筒的手，微微的顫抖。電話那一頭，夏心桔的助手告訴她：『我們接著就會聽你的電話。』

她嘲笑那些打電話到電台目訴心聲的人，沒想到她自己竟然也會做這種傻事。她現在終於體會到那些在空氣中訴說自己的故事的人的心情了。有些鬱結，你只能託付於一個你不認識的人，這樣是最安全的，也唯有這樣，心裡的痛苦才能減輕一些。

電話那一頭，傳來夏心桔的聲音：

『你現在收聽的是Channe1 A，我們要接下一個電話了。喂，是羅小姐嗎？你有甚麼想跟我們談的？』

『假如一個男人和你一起一年零三個月了，他還是不願意公開承認你是他的女朋友，那代表甚麼？』羅曼麗用震顫的嗓音說。

沉默了片刻，夏心桔反問她：

『你說這代表甚麼？』

羅曼麗憂鬱地對著電話筒笑了笑，說：

『他不愛我。』

『你自己都有答案了。』

『可是，他是有一點點愛我的——』羅曼麗喃喃說。

收音機裏飄來一支哀婉的歌，那是Richard Marks的〈Right Here Waiting〉。掛上電話之後，她深深地吸了一口氣，她覺得現在好過一點了。這支歌，她以前聽過了。那時她比較快樂，不明白思念和守候的痛苦。現在她終於明白了。痛苦的時候，一個人甚至會做一些她平常絕對不會做的事，譬如她今天晚上所做的事。

她也沒有太多時間傷心。明天是公司的周年晚宴。今天晚上，她要好好的睡，讓自己看來容光煥發。

她在一家美國藥廠工作。這天在周年晚餐會上，同事杜蒼林的太太王莉美就拉著羅曼麗，很認眞的說：

『曼麗，我有一個表哥在美國矽谷工作的，他還沒結婚。下個月他回來度假，我要替你們作媒。』

杜蒼林說：『曼麗長得這麼漂亮，還用你來介紹男朋友嗎？』

『曼麗就是沒有男朋友，她常常形單影隻的。』王莉美頓了頓，又問：『曼麗，你到底有沒有男朋友？』

羅曼麗尷尬地說：

『工作這麼忙，我哪有時間談戀愛？』

『聽見嗎？』王莉美對她丈夫抬了一下頭，證明自己是對的。

杜蒼林指指旁邊的方載文，說：

『方載文也沒有女朋友，你不如撮合他們兩個吧。』

『方先生，你沒有女朋友的嗎？』王莉美問。

方載文靦腆地說：『暫時還沒有女孩子看上我。』

『怎麼會呢？你的條件這麼好！』王莉美說，『只是太專注工作吧？』

羅曼麗的終身大事成了下半晚的話題。這一次，王莉美是很認真的要爲她作媒。

晚宴結束後，羅曼麗一個人從酒店出來，碰到方載文開車和幾個同事一起離開。

『再見。』方載文跟她說。

『再見。』她跟車上的人揮揮手。

望著方載文的車子開走之後，她登上一輛計程車。

『小姐，你要去哪裡？』計程車司機問她。

『你隨便繞幾個圈子，然後去銅鑼灣加路連山道。』

最後，車子停在銅鑼灣加路連山道一幢公寓外面。羅曼麗下了車，走進公寓，來到十九樓。她按下門鈴。方載文來開門的時候，還沒有脫下剛才在晚宴上穿著的那套西裝。

方載文抱著她，微笑著說：

『你今天晚上很漂亮。』

『是嗎？那你爲甚麼不肯公開我們的關係？我和你都是單身，我不明白你有甚麼好怕的？』

方載文吻了吻她，說：『我不是說過很多遍嗎？這是我們兩個人的事，沒有必要公開。況且，我們一直也沒公開，忽然公開，其他人會覺得很古怪的。』

『是不是因爲你不愛我？』羅曼麗難過地問。

方載文拍拍她的頭，說：『你又來了！』

他就是這樣，每次當她問他愛不愛她，他總是不肯直接回答。

方載文脫去她的裙子，把她拉到牀上。當他在她身體裏面的時候，她感覺得到他是有一點點愛她的。可惜，那一點點的愛太少了，還不足以讓他肯公開承認他們的關係。她多麼希望他對她連這一點點的愛也不曾有過，那麼，她便可以灑脫地離開。他偏偏讓她在他眼睛最深處看到那一點點的愛，讓她存有希望。

『杜太太說要給我作媒呢！』她刻意試探方載文的反應。

『她說說罷了。』

『她是認眞的。』

方載文甚麼也沒說。

忽然之間，所有淒然的感覺都湧上心頭，羅曼麗說：『是的，你是不會妒忌的，我根本不是你女朋友！』

『我不是這個意思，你不要這麼敏感。』他有點不耐煩。

『你是不是還沒有忘記她？』她盯住他的眼睛深處。

『你在說誰？』他避開她的目光。

『你知道我在說誰的。』

『那已經是很久以前的事了。』他翻過身子去睡覺。

『但是你仍然沒有忘記她！』羅曼麗光著身子站起來，走到方載文的書房裡，拉開書桌的第一個抽屜，放在上面的，是一本關於候鳥的書，是他弟弟送給他的。那本書下面，全都是韓純憶的小說。羅曼麗指著那些書，憤怒地說：『你仍然有買她的書！』

方載文站起來，生氣的問：

『你甚麼時候翻過我的東西？』

羅曼麗眼淚汪汪地說：『你爲甚麼要這樣對我？』

她的眼淚軟化了他。方載文摟著她，說：

『你不要這樣。』

『走開！』她推開他，走到牀邊穿上衣服。

『你要去哪裡？』

『回家！』

『你喜歡怎樣便怎樣吧。』他無可奈何。

羅曼麗一邊穿鞋子一邊跟他說：

『明天回到公司裡，我會把我們的關係告訴所有人。』

『你不要發瘋！』

『你害怕嗎？』羅曼麗慘然地笑笑。

離開了方載文，羅曼麗踏著悲傷的步子回家。她自己也知道，明天回到公司，她絕對不會有勇氣把他們的關係公開。她害怕會失去他。

認識方載文的時候，她剛剛失戀，他也是一個人，開始的時候，是大家都有點意思的。女人總是希望和其他人分享自己的快樂。但是，他說：『我們才剛剛開始，太早說了出來，我怕對你會不太好。』過了一些日子，她覺得應該公開，他又說：『在辦公室裡談戀愛，會讓人說長話短的。』現在他又說：『這是我們兩個人之間的事，沒有必要公開。』方載文不但在公司裡不承認她，在朋友之間，他也不承認她。他從來不肯帶她去見他的朋友。他跟他的弟弟那樣要好，也從來不肯讓他們見面。今天晚上，當他在王莉美面前不承認自己有女朋友的時候，他的表情是多麼的自然，一點破綻也沒有。他是由衷的認爲自己沒有女朋友。

方載文是曾經有過女朋友的。他和她在七年前分手。她就是現在成了名的女作家韓純憶。他不肯說他們爲甚麼分手。七年來，他斷斷續續交過幾個女朋友，但他始終沒有忘記韓純憶。韓純憶走了那麼多年，卻在他心裡霸佔著最重要的位置。

爲了他的緣故，羅曼麗買了所有韓純憶的小說，企圖從她的故事裡找到一點方載文的影子。

作家寫的東西，總是離不開自己的經歷。可惜，羅曼麗無法在韓純憶的故事裡找到一點線索。也許，韓純憶根本沒有懷念方載文。羅曼麗覺得方載文很可憐，他那樣撕心裂肺地想念著一個舊情人，那個舊情人卻早已經把他忘記了，永遠不會回來他身邊。

她忽然有點同情他，原諒了他對她的冷漠。第二天，她在公司的電梯裡與他相遇，電梯裡還有其他人。她站在他身後，看著他的背影，她的心更軟了。其他人出去了，電梯裡只剩下他們兩個。

『對不起。』她跟方載文說。

方載文用手拍拍她的肩膀微笑，那是原諒的手。他原諒了她。她歡天喜地的摟抱著他。電梯門打開，他們立刻熟練地分開。方載文走了出去，她走在後頭。她一邊爲跟他和好如初而興奮，一邊卻又爲自己感到難過。她並沒有做錯些甚麼，她爲甚麼要首先說『對不起』這三個字？對了，通常說『對不起』的，不是做錯事的那個人，而是處於下風的那一個。

這天晚上，她跟李思洛和林康悅去吃義大利菜。李思洛婚後的生活很快樂。李思洛結婚之前，李思洛去找過十五年前的舊情人姜言中，她一直沒有忘記他。她終於找到姜言中了。他們還上了牀，她以爲姜言中會叫她不要去結婚，然而，他卻開車把她送回家，然後跟她說：『祝你幸福。』十五年來，他並沒有她所想像的那麼懷念她，是她一廂情願罷了。終於，她的夢醒了，可以了無牽掛的去結婚。

羅曼麗也去找過舊情人梁正爲，可是，梁正爲已經愛上另一個人了。方載文爲甚麼不可以呢？她覺得那些懷念舊情人的人，都患上了可憐的考古癖。

這個星期，羅曼麗和方載文去了印尼峇里島度假。這是她夢寐以求的一次假期。方載文從來不肯和她一起請假，他說，兩個人一起請假，會惹起同事懷疑。她覺得他根本不想和她一起去旅行。這一次，也許因爲內疚吧，他答應陪她去印尼玩。

假期本來很圓滿，直到他們回來香港的那一刻，所有的快樂都變成了悲傷。他們排隊過檢查站的時候，他在人叢中發現了杜蒼林和他太太王莉美。方載文立刻從羅曼麗的身邊走開。羅曼麗出來的時候，找遍了機場和車站，也見不到方載文。她以爲他會等她，他卻竟然害怕得撇下她走了。

風冷冷的吹來，羅曼麗一個人站在機場外面飲泣。方載文不是否認她，他簡直就是遺棄她。他把一個今天早上才和他上過牀的女人遺棄在機場。她一邊走一邊流淚，她眞的有那麼糟糕嗎？在《新約聖經》裡，彼得三次不認耶穌。在這一年零三個月裡，他已經不止三次否認她。她不是耶穌，她沒有耶穌那麼仁慈和寬大，她也不能像耶穌一樣，死而復生。她的心死了，很難復活。

家裡的電話不停地響，她坐在電話機旁邊，想著這個她愛過和恨過的男人。電話的鈴聲徹夜響起，她終於拿起話筒。

『你沒事吧？』方載文在電話那一頭緊張的問。

所有甜酸苦辣都忽然湧上眼睛，羅曼麗淚著眼睛說：

『我眞的希望我有勇氣不接這個電話。』

爲甚麼他總是在她決定死心的時候又燃起她的希望？她知道，她又會原諒他了。

她不甘心。她到底有甚麼比不上韓純憶？這個女人憑甚麼在離開七年之後還霸佔著一個男人的心？

第二天回到公司，羅曼麗把累積下來的假期一次用光。她騙方載文說，她跟林康悅一起去義大利玩。

假期開始的第一天，她從早到晚在出版社外面守候。她不知道韓純憶住在哪裡，唯一的方法就是在這裡等她出現。以後每天，她都會這樣做。她在韓純憶的小說裡見過她的照片，但是她很想看看她到底有甚麼吸引力。這是她兩個月來做的第二件傻事。第一件傻事是打電話到電台節目訴心聲。她覺得自己很可笑。她一向心高氣傲，卻爲了一個男人淪落到這個地步。

她等了整整十三天，也見不到韓純憶。到了第十四天的黃昏，她終於看到韓純憶了。韓純憶遠遠的走來，羅曼麗立刻跑上前，假裝跟她擦身而過。在擦身而過的那一瞬間，她望了望韓純憶一眼，韓純憶也下意識地看了她一眼。

她終於等到這一刻了。韓純憶也不過是個普通女人。她眞想告訴韓純憶，有一個男人在跟她分手七年後仍然痛苦地想念著她，她是多麼的幸福。

第二天晚上，羅曼麗來到方載文家裡。

『義大利好玩嗎？』他問。

『嗯，我看到了我一直想看的東西——』

『是哪一個名勝？』他天眞地問。

羅曼麗摟著他，淒然地問：『你有沒有掛念我？』

『你又來了！』他摸摸她的頭髮。

他總是這樣的，他甚至不曾想念她。

她撲在他身上，粗野地脫去他的褲子。她是如此沒有尊嚴地想把自己送給他。

半途中，她伸出手去擰開收音機。

收音機裏傳來夏心桔的聲音：

『我們昨天已經預告過了，今天晚上將會有一位特別嘉賓，她現在就坐在我對面，她是名作家韓純憶小姐——』

『把它關掉好嗎？』方載文伸出手去想把收音機關掉。

羅曼麗捉住他的手，把他那隻手放在她心上，說：『我想聽——』

韓純憶開始說話了。

羅曼麗盯住方載文眼睛的深處，傷心地發現，她曾經在那裏看到的，他對她的一點點的愛，根本不是愛，而是憐憫。他憐憫她那麼愛他。

他沮喪地從她身上滑下來。

『你是不是無法做下去？』她笑著笑著流下許多眼淚。

當一個女人不被一個男人所愛，她赤身露體，在他眼裡，不過是一堆血肉和骨頭。她可以忍受他心裡永遠懷念另一個女人，但她不可以忍受自己在他心中只是一具橫陳的肉體，沒有感覺，也沒有尊嚴和痛苦。

她穿上衣服。臨走前替他把收音機關掉。她不恨他，她甚至有點可憐他。他也想忘記韓純憶，只是他忘不了。今天晚上，韓純憶的聲音又喚回了他那些沉痛的記憶。他知道她是不會回來的，他的夢早已經完了，他卻不肯醒來。

羅曼麗想起她曾經讀過的兩句詩：

夢醒時，生活是折翼的鳥，不能再飛了。
夢來時，生活是一塊覆滿雪花的不毛之地。
夢醒夢來，都是可悲的。她的情人是一隻折翼的小鳥，他沒有能力再去愛。

5.

韓純憶收到出版社寄來她的新書，迫不及待從頭到尾看一遍。翻到第一百一十二頁，她看到這一句：

『不要相信男人在牀上所說的話。他說同一句話一百遍，也是謊言。到了第一百零一遍，他說的，仍然是謊言。然而，有些男人是例外的。』

原文根本沒有『然而，有些男人是例外的。』這一句。最後一句，到底是誰加上去的？她氣沖沖的打電話到出版社找姜言中。

剛剛沖好一杯 Starbucks 咖啡準備好好享受一下的姜言中，拿起話筒，聽到韓純憶在電話那一頭很憤怒的命令他：

『姜先生，請你翻到我的新書第一百一十二頁。』

姜言中手上那杯咖啡差一點就潑在桌上。他放下咖啡杯，好不容易才在亂糟糟的書桌上找到韓純憶的新書，連忙翻到她說的那一頁。

『韓小姐，有甚麼問題呢？』

韓純憶兇巴巴的說：『這一頁最後的一句是誰加上去的？是你嗎？姜先生。』

『當然不是我。』

『那是誰擅自在我的書裡加上這一句？是你們的編輯嗎？』

姜言中望向坐在他附近的紀文惠。紀文惠剛好打開一個小圓罐子，把一顆酸梅放進嘴裡。她看到姜言中望向她這邊，於是拿起那個圓罐子走到姜言中面前，問他：

『姜先生，你是不是也想要一些？』

『不，不，不。』姜言中搖著手。

『未經作者同意而改動他的作品，是對作者最大的侮辱。』韓純憶說。

『我會徹查這件事。』

『好的。你最好能給我一個合理的解釋。』韓純憶在電話那一頭悻悻然的掛線。

紀文惠看到姜言中手上拿著韓純憶的新書，便問他：

『姜先生，是不是出了甚麼問題？』

姜言中指著第一百一十二頁最後一句，問她：

『這一句是不是你加上去的？』

『嗯。』紀文惠點頭。

『你為甚麼——』他氣得說不出話來。

『不是每一個男人都說謊的——』

『但，但——』

就在這個時候，葉永綠來了，準備接紀文惠下班。

『剛才是韓小姐打來嗎？』紀文惠問姜言中。

『不，不是。我隨便問問罷了，你可以下班了。』

『嗯。』紀文惠放下了心頭大石，跟葉永綠說：『我去一下洗手間。』

紀文惠出去了，葉永綠問姜言中：

『她是不是做錯了甚麼事情？』

『她擅自在作者的小說裡加上自己的句子，怎麼可以這樣做的呢？』

『那現在怎麼辦？』

『作者剛才打電話來質問我。這個韓純憶是一點也不好惹的。』

電話鈴聲又再響起。

『糟糕，一定又是她打來的。』姜言中戰戰兢兢的拿起話筒。

電話那一頭，果然是韓純憶。

『姜先生，查到是誰做的沒有？』

葉永綠知道是紀文惠闖的禍，立刻示意姜言中把話筒交給他。

葉永綠接過話筒，說：『韓小姐，這件事我可以解釋。』

『你是誰？』

『我是紀文惠的男朋友。』

『那關你甚麼事？』韓純憶不客氣的問。

『韓小姐，我是你的讀者。在六年前的書展上，我找過你簽名，我的名字叫葉永綠，不知道你還記不記得——』

事隔六年，韓純憶並沒有忘記這個名字。六年前，她出版第一本書，那時根本沒有甚麼人認識她。在出版社的攤位上，她被冷落一旁。一個男人拿著書來請她簽名。他不獨是當天第一個找她簽名的人，更是她有生以來第一個找她簽名的讀者。他的名字叫葉永綠，她怎會忘記？

看在這個情份之上，她答應跟他見面。

『她肯見你？』姜言中也有點意外。

『嗯，眞是對不起，要你安插文惠在這裏工作，還給你添許多麻煩。』

『別說這種傻話。你對女朋友這麼好，眞是令我慚愧。你明天眞的有辦法安撫她嗎？』

『我會盡力的。』

『可以走了。』紀文惠從洗手間回來說。

『要不要跟我們一起去吃飯？』葉永綠問姜言中。

『改天吧，我今天還有很多工作要做。』

葉永綠和紀文惠走了。姜言中放下手上那杯擱涼了的咖啡。世上就是有兩種女人，一種聰明而孤絕，太瞭解愛情的眞相，所以不快樂，像韓純憶。一種天眞而簡單，幸福地被一個男人愛著，像紀文惠。

這一天，韓純憶比約定時間早了一點來到咖啡室。她不記得葉永綠長得甚麼樣子，只記得他的名字——永遠青綠的葉子。她答應來聽他的解釋，是爲了報答他六年前的青睞。

葉永綠來了，他穿著咖啡色的襯衫和藍色的西褲，打扮得很樸素。他的臉上，掛著陽光一般的笑容。她開始對他有點印象了。

『韓小姐，對不起，我這麼冒昧——』葉永綠坐下來說。

『只有你一個人來嗎？』韓純憶冷冷的問。

『是的。』

『紀文惠自己爲甚麼不來？反而要你來替她解釋？』

『她還不知道自己闖了禍。』

『你爲甚麼不讓她知道？』韓純憶有點光火了。

『我不想她知道了會不開心。』

『你怕她不開心？那我呢？那是我的書。』

『韓小姐，請你原諒我。我願意做任何事情去補救，只要你別責怪文惠。』

『爲甚麼你要這樣做？』

『我答應過會令她幸福——』葉永綠微笑著說。

『那跟這件事有甚麼關係？』

『令一個女人幸福，就是篩掉所有會令她不開心的事。』

『那就是不讓她知道眞相——』

『眞相有時候是很令人難過的。這六年來，我都努力做這件事。所有她聽到的，都是好消息。』

『如果有一天，她發現眞實世界並不是她一向聽到的那麼完美，她會很痛苦的。』

『只要我還在一天，她也不會聽到不好的消息。』

韓純憶很訝異，問葉永綠：

『就是爲了一句承諾？』

『嗯。』葉永綠堅定地點頭。

韓純憶從來沒見過這樣一個男人。她有點羨慕紀文惠。如果有一個男人這樣保護她，她也會感動，可是，她沒有紀文惠那麼幸福。無知的女人，畢竟是比較幸福的。

『韓小姐，我知道這個問題很笨，但我可以做些甚麼賠罪呢？』葉永綠問。

『不用了。』韓純憶說。

『不用？』葉永綠微微怔了一下。

『就當是我被你感動了吧。』

『那眞是謝謝你。』

『你像是天使──』

『天使？』

『只報佳音。』韓純憶微笑著說。

葉永綠傻傻的笑了一下。

第二天，姜言中約了葉永綠在Starbucks見面。

『你是怎樣說服韓純憶的？她竟然不再追究。』姜言中一邊喝espresso一邊問。

『我也沒說些甚麼，其實她人很好。』

『我知道。』

『但你好像很怕她——』

『哪有這回事？我是嫌她麻煩。』

『她人很講理啊！這件事你不要告訴文惠。』

『我會的。』

葉永綠好像看到了一個熟悉的人，轉頭跟姜言中說：『那邊正在喝Frappuccino的女孩子，不是你以前女朋友的好朋友范玫因嗎？』

姜言中望過去，看到范玫因正在跟一個男人喝咖啡。

『是的，是她。』姜言中說。然後，他站起來：『我們走吧！』

『你不要過去打招呼嗎？』

『不用了。』

離開Starbucks，外面下著微雨，葉永綠上班去了，姜言中在附近找了一家小餐廳坐下來吃午飯。他有點後悔剛才走得太匆忙了，打個招呼又有甚麼關係？他也想知道他愛過的那個人現在怎樣了；然而，他就是沒法面對從前的自己。

與這家小餐廳相隔一條街的另外一家義大利餐廳裡，韓純憶和紀文惠正在吃午飯。

『韓小姐，謝謝你請我吃午飯。』紀文惠說。她還是頭一次跟韓純憶吃飯。

『你有男朋友嗎？』韓純憶想聽聽她口中的葉永綠。

紀文惠幸福地點頭，說：『我們一起六年了。他對我很好。』

『眞的？』

『我們第一次上牀的時候，他說，他會令我幸福，他一直也有這樣做。男人在牀上說的，不一定是謊言。我覺得自己很幸福。我不知道怎樣說，總之，我覺得心裡有一種滿滿的感覺。每天早上張開眼睛，也覺得這個世界很美好。』紀文惠天眞地說。

韓純憶笑了一下，她面前這個女人，並不知道，世界之所以這麼美好，是因爲她有一個不讓她聽到壞消息的男朋友。

『旣然他對你那麼好，你們爲甚麼還不結婚？』

『我想他更疼我。結了婚之後，我怕他會沒有現在這麼疼我，我是不是很貪婪？有時我也覺得自己很自私。』

『也不是。』不知道是不是受了葉永綠的感染，連她也想保護這個幸福的小女人。

『韓小姐，你有男朋友嗎？』

韓純憶微笑了一下。

『對不起，這是你的私事——』

『沒關係。我現在是一個人——』

『你好像對愛情很沒有信心。』

『不，我現在仍然相信愛情。』

『是不是你遇上了喜歡的人？』

『他不是我的，但是，他讓我相信愛情——他向我報了佳音。』

紀文惠離開之後，韓純憶在那裏坐了一會。雨停了，她走出餐廳。六年前，葉永綠是第一個找她簽名的人。當她失望而孤單地坐在出版社的攤位時，葉永綠拿著書來，請她簽名，說很喜歡看她的書。他是來向她報佳音的天使。六年後，他再一次向她報佳音，讓她重新相信愛情。他和紀文惠，也是一起六年。世事爲甚麼總有微妙的巧合?

『韓純憶。』一個男人叫她。原來是姜言中。

『你為甚麼會在這裡?』

『應該是我問你才對，我的辦公室就在附近。』

『噢，是的。我剛才跟紀文惠吃飯。』

姜言中嚇了一跳，問:『你沒對她做些甚麼吧?』

『我不是你想的那麼兇吧?』

『當然不是，葉永綠也說你人很好。』

『你們很熟的嗎?』

『是老同學。』

『我沒見過像他這樣的男人。為了令女朋友幸福，努力地不讓她知道這個世界有多麼不完美。』

『你覺得眞、善、美這三樣東西應該怎樣排列？』

韓純憶想也不想，便說：『當然是眞、善、美。』

『我覺得是美、善、眞。』

『為甚麼？』

『眞實的東西，有時是很殘忍的。』

『你甘心活在一個充滿謊言的世界裏嗎？』韓純憶反問姜言中。

『我們本來就是活在一個充滿謊言的世界裏。』

『好了，我不要再聽你的道理。我的新書銷量怎樣？』

『你要聽好消息還是壞消息？』

韓純憶想了一下，說：『好消息。』

『銷量非常好，已經登上了暢銷書榜第一名。』

『謝謝你。』韓純憶叫停了一輛計程車，回頭問姜言中：『那壞消息呢？』

姜言中搖頭笑了一下。

『你笑甚麼?』

『你就是改不了這個缺點，你太喜歡尋找眞相了，這樣會不快樂的。』

『到底是甚麼壞消息?』

『銷量太好，書賣斷了，來不及補貨，要等一個星期之後才有新書交給書店。』

『以後只告訴我好消息就行了。』

『我會盡力的。』姜言中隔著車窗跟她說。

韓純憶在計程車上微笑，從此以後，她也要聽好消息。

回到辦公室之後，紀文惠打了一通電話給葉永綠，告訴他她剛才和韓純憶吃午飯。

『你們聊些甚麼?』

『就是聊聊男朋友的事。跟她吃飯很開心。』

『那就好了。』

『阿綠——』

『甚麼事?』

『謝謝你,我覺得很快樂。』

紀文惠放下話筒,打開面前的小圓罐子,拿出一顆酸梅放進嘴裡。這些酸梅是葉永綠買給她在辦公室吃的。他知道她喜歡吃酸梅,總是知道她甚麼時候差不多吃完,又給她買一罐新的。

這天黃昏的時候,韓純憶覺得肚子有點餓,換了衣服出去買點吃的。經過公園時,她看到葉永綠一個人坐在公園的長椅上捧著一大盒曲奇餅吃。

『你爲甚麼會坐在這裡吃東西?』

『是曲奇餅來的,你要試一塊嗎?』

韓純憶吃了一塊,說:

『太甜了，好難吃。』

『韓小姐，你眞是坦白。這些曲奇餅是文惠親手做的，她要我帶回去請同事吃，可是，大家都不感興趣。我不想她失望，所以要把盒裡的曲奇餅吃光了才敢回家。』

『你眞是——』韓純憶在葉永綠身邊坐了下來，說：『其實你是在向她說謊。好吧，我來替你吃一些。』

『謝謝你。』

『上一次，你不是說過你願意做任何事情向我賠罪的嗎？』

『嗯。』葉永綠點頭。

『我想寫你們的故事。』

『我們的故事有寫的價值嗎？』

『像你這種男人太稀有了。你不介意吧？』韓純憶一邊吃曲奇餅一邊說。

『當然不介意。我們的結局會是怎樣?』葉永綠好奇的問。

『我還在想。放心,我會給你們一個幸福的結局。』

葉永綠幾經努力,終於把盒裡的曲奇餅吃光。他捧著肚子站起來說:

『糟糕,我明天可能跑不動了。』

『你明天要賽跑嗎?』

『嗯,是校友會的慈善馬拉松賽跑,我和姜言中都要參加。』

『那麼,預祝你們勝利。』

『謝謝你——』

『紀文惠會去打氣嗎?』

『會的。』

『那麼你一定要贏,否則她會不幸福。』韓純憶取笑他。

『我會加油的!我會是第一個衝過終點。』

比賽那天，葉永綠衝過終點時，忽然倒下了。

在急診室的長廊外，醫生告訴姜言中，葉永綠的死因是心血管閉塞，平常可能沒有病徵。

姜言中不知道怎樣告訴長廊另一端的紀文惠。她是從來沒聽過壞消息的。紀文惠遠遠望過來，姜言中低下頭飲泣。

紀文惠貼在走廊盡頭的玻璃門旁邊，外面已經天黑了，她很害怕明天會來臨。天亮了，她的夢就要醒了，她的幸福也完了。她的幸福，都是阿綠給她的。

後來有一天，她做了一盒曲奇餅拿去給韓純憶。

『阿綠以前是不是找過你？』她問。

韓純憶怔住了：『你是怎麼知道的？』

『我知道很多事情。我知道出版社的工作是他給我安排的。我知道我做的曲奇餅太甜，很難吃。我擅自在你的小說裡加上自己的句子，令你很生氣，阿綠一定是找過你道歉，不然的話，那天你也不會請我吃午飯——』

『你甚麼都知道？』韓純憶很詫異。

『我並不是阿綠所想的那麼天眞——』

『那爲甚麼——』

『我裝得那麼天眞，只是感激他爲我所做的一切。』紀文惠抹去眼角的淚水，說：『多少年來，他爲我篩掉所有不開心的事。從今以後，再沒有這樣的人了。』

『我以前也有一個男朋友。』韓純憶說。

『他也是替你篩掉所有壞消息？』

『不。他喜歡把甚麼都藏在心底。』

『那你們爲甚麼會分手？』

『我們吵架吵得很厲害。也許是我的問題吧。』

『你有甚麼問題？』

『愛情小說寫得太多了，根本不知道自己活在現實中還是夢想之中，我要的愛情，或許根本不存在。』

『如果阿綠能夠活著回來，我願意和他分開。即使他不再愛我，也沒關係。只要他活著。』紀文惠說。

『不是我們可以選擇的。』韓純憶說。

韓純憶啃了一塊曲奇餅，說：『這一次的味道剛剛好，不會太甜。』

『謝謝你，韓小姐。可惜你太老實了，你說的謊言，沒阿綠說的那麼動聽。』

『是的，他才是天使。』

『可是，天黑了，我的說謊天使要睡了。』紀文惠遙望著窗外的星星說。

6.

『你覺得思念是甜還是苦的?』

『應該是甜的吧?因爲有一個人可以讓你思念。』

『我認爲是苦的。因爲我思念的那個人永遠也不會回來了。他是我男朋友,他死了。』

『他不會想看到你現在這樣的,他會想你活得快樂。』

『是的,我的快樂常常是他最大的幸福。』

『你最懷念他的甚麼?』夏心桔問。

『他會爲我篩掉所有壞消息,只把好的消息告訴我。他是我的天使,是來向我報佳音的。』紀文惠說著說著流下了眼淚。她知道流淚是不應該的,阿綠不會想看到她這個樣子。她用手指頭抹去眼淚,又笑了起來。

『這支歌是送給你和你的天使的。』夏心桔說。

一支〈平安夜〉的鋼琴曲溫柔地從收音機裏飄送出來。

紀文惠多久沒聽過這支歌了？她念的是教會學校，從前每一次唱〈平安夜〉，她也懷著聖潔和崇拜的心去唱。只有這一夜，她是懷著一顆哀傷的心去唱。

『多少慈祥，也多少天真，
靜享天賜安眠，靜享天賜安眠——』

她從來沒有細讀歌裡的每一個字，今夜，她一字一句的聽進心坎裡，這是〈平安夜〉嗎？這支本來是頌讚聖嬰降臨，爲世人贖罪的歌，今夜卻變成一支安魂曲。

是的，天使總是要回到天上，阿綠給她的快樂，也是有期限的。期限到了，他就要離開。多麼不捨，她也要接受這個安排。從此以後，過著沒有他在身邊的日子。

阿綠走了之後，她沒有去碰過他的東西。她不敢去摸他的衣服，不敢拿起他的書，她不想接受他離去的事實。可是，今夜，她心裡忽爾有無限平安，她不再害怕了。除了她，還有誰更愛惜他留在世上的一切呢？

她把阿綠的衣服折疊起來放在箱子裡。阿綠的衣服不多，都很樸素。她常常認爲他應該穿得稍微講究一點，如今他不在了，他的樸素，反而成爲他的優點，讓她懷念。

阿綠的書很多，她不是每一本都有看。今夜，她坐在地上，用手把書上的塵埃抹走。她無意中拿起一本書，是米蘭昆德拉的《生活在他方》。書裡面好像夾著一些東西，她把書打開，裡面藏著一張照片，是阿綠和一個女孩子的合照。照片上沒有日期，阿綠看來很年輕。那時候，她和阿綠應該還沒有認識。那個女孩子笑得很甜，她身上穿著紅色的護士學生制服。阿綠的手牽著她的手。這個女孩是誰呢？阿綠從來沒有提起過這段往事。爲甚麼他從來不說呢？這張照片又爲甚麼放在書裡，是巧合還是有某種意義？

第二天早上，紀文惠拿著照片回去出版社，問姜言中：

『你認識照片中的女孩子嗎？』

姜言中拿著照片看了看，說：『我不認識她。』

紀文惠失望的說：『你們是同學，我還以爲你知道。』

『大學時我去了美國念書。這個女孩子也許是他在那個時候認識的也說不定。』

『那時候你們有沒有通信？』

『有的，阿綠常常寫信給我，反而我很懶惰，很少回信。』姜言中不好意思的說。

『那麼，阿綠有沒有在信裡提起這個女孩子？』

姜言中想了許久，抱歉的說：『這麼久以前的事，我眞的不記得了。』

『那些信呢？你可不可以讓我看看？』

『離開美國之前，我扔掉了。』

『甚麼？你把阿綠寫給你的信扔掉？』

姜言中尷尬的解釋：『我這個人不喜歡收藏東西，我連以前女朋友寫給我的情信也扔掉了。這樣的人生比較簡潔嘛！』

紀文惠失望地把照片放回皮包裡，突然又想起甚麼似的，說：『她當時穿著護士學生的制服，現在應該已經是護士了。我可以拿著照片每間醫院去找。』

『香港的醫院這麼多，護士又有這麼多，這不是太渺茫了嗎？你爲甚麼要找她？』

『在阿綠的書裡發現這張照片的那一刻，我有點生氣。爲甚麼他從來沒有跟我提過這件事呢？我一直以爲自己是他最愛的人，但是，他最愛的人會不會是照片中的女孩子呢？照片中的阿綠，看起來很幸福。可是，拿著這張照片多看幾次之後，我又不生氣了。我很想認識這個女孩子，我和她之間好像有某種連繫。她知道阿綠已經不在了嗎?我想，我應該把這個消息送去給她。』

『女人眞的會做這種事嗎?我是說，去找死去的男朋友的舊情人。』

『這種做法聽起來有點奇怪，但是我很想知道阿綠的一些過去。跟一個曾經和他一起的女孩子見面，對我來說，也許是一份慰藉。』

姜言中笑了笑：『假如有天我死了，我的女朋友也會去找我的舊情人嗎?』

『這個很難說啊!』

『她們可能會坐在一起投訴我的缺點，然後愈說愈投契，後來更成爲好朋友呢!』

『這樣不是很溫馨嗎?』

姜言中嚮往地笑了。那個場面不是很有趣嗎?他死了之後，他的舊情人們坐在一起懷念他。他忽然想起一件事情，有一次，他上網時無意中發現一個『尋人網站』。

『你或許可以去「尋人網站」試試看。』他說。

『甚麼是「尋人網站」？』

『那是個專門幫人尋找失去聯絡的朋友和親人的網站。你可以把想要尋找的人的資料、照片，甚至書信放上去。瀏覽這個網頁的網友，說不定正是當事人或當事人的朋友。你去碰碰運氣吧。』

『眞的會找到她嗎？』

『我不知道，但是，說不定她的朋友會看到。』

『我會試試看的。』

『尋人網站』的網址是www.missedperson.com。在網上尋人的人眞多啊！這裡有一個已經移民德國的女孩子尋找小學四年級的男同學，有一個香港女孩子尋找她在街頭偶遇的畫家。

紀文惠把阿綠和那個女孩子的照片，跟那本《生活在他方》一起放在網上。

她用阿綠的名義刊登這段尋人啓事，也留下了阿綠的電子郵箱，這樣，那個女孩子說不定會願意回覆。

每一天，紀文惠也會打開郵箱好幾次看看有沒有消息，可是，一直也沒有回音。

已經是深秋了，她穿著阿綠留下的一件毛衣，每天晚上，坐在他那台電腦面前，等待佳音。

深秋時分，醫院的病人特別多，尤其是外科病房，擠滿了各種病症的人。其中一位老伯伯，名叫翟長冬，梁舒盈有空閒的時候，最喜歡跟他聊天。翟長冬是個魔術師。他的肺癌復發，大概過不了今年冬天。他是個樂觀的人，並沒有自怨自憐，反而常常表演一些小魔術逗病房裡的人笑。

一天午夜，翟長冬睡不著，梁舒盈走到他的牀邊。

『你爲甚麼還不睡覺？』

『梁姑娘，你有想念的人嗎？』

『爲甚麼這樣問？你是不是有一個？』

翟長冬微笑：『眞的希望有機會再見到她。』

『她是你舊情人嗎？』

『那是一九六八年的事。我在「荔園」表演魔術，其中一個項目是飛刀，那就是把一個女人綁在一塊直立的木板上，然後，魔術師蒙上眼睛擲飛刀，每一把刀都不偏不倚的擲在她身邊——』

『我知道，我也在電視上看過！』梁舒盈興奮的說。

『那天晚上的觀眾很多，我問台下有沒有人自願上台，一個女孩子立刻跑上台，她長得很漂亮。』翟長冬回憶著說，『換了任何人都會害怕，她卻一點也不害怕。我的飛刀當然也沒有擲中她。當我替她鬆開手上的繩子時，她狠狠的盯著我，說：「我恨你！你爲甚麼不擲中我？」』

『那後來呢？』

『我沒有再見過她。也許她當時很想尋死，卻沒有勇氣自己動手，所以想找個人代替她下手吧。在我幾十年的魔術師生涯裡，這是我最難忘的一件事。我眞的很希望再見她。』

『她現在已經變成一個老婆婆了。』

『但我會把她認出來。』

『你爲甚麼想見她？』

翟長冬笑了起來，眼裡泛著柔光：『也許我愛上了她吧。』

『我可以替你找她，但有一個條件。』

『甚麼條件？』

『你要教我魔術。』梁舒盈笑笑說。

『這個太容易了。你有甚麼方法找她？』

『前幾天我聽到幾個同事說有一個叫「尋人網站」的東西，可以在那裡尋人。一個一九八〇年在香港念小學四年級，後來移民到德國的女孩子，在網上尋找她當年的一個男同學，結果給她找到了。看來這個網站也是有效的。』

『甚麼是「網站」？』

『是九十年代的魔術，你做夢也想不到的。』

翟長冬並沒有那個女人任何的資料。梁舒盈只好把一九六八年在『荔園』發生的那一幕寫在尋人欄裡。當事人一定會記得這件事，如果那位老婆婆還會上網的話。

這個『尋人網站』眞是千奇百怪。有人尋找在街上偶遇的人，有人尋找不辭而別的男朋友。翻到下一頁，梁舒盈看到自己的照片，是她和阿綠一起照的。阿綠在尋找她，那本《生活在他方》也一併放在網上。她立刻把電腦關上，連插頭也拔掉。她坐在牀上，用被子包裹著自己。她第一次體會到『近鄉情怯』這四個字的意思。一個日夕盼望回去故鄉的人，終於接近故鄉時，卻膽怯起來。長久的期待一旦實現了，好像不太眞實，太不可信，也太難接受了。她怕。

第二天，在病房裡，翟長冬問她：

『找到了沒有？』

『不會這麼快的，你要耐心等一下。』

幾天之後，翟長冬去世了。他等不到冬天，也等不到那個他想念了三十二年的人。他帶著永遠的遺憾離去。

拒絕被尋找的人是否太殘忍了一些？梁舒盈重新打開電腦，來到『尋人網站』的尋人欄。那張照片是在醫院草地上照的，當時她還只是個護士學生。阿綠正在念大學。

多少年來，她一直在等他。現在，她一雙手緊張得有點顫抖。

『阿綠，是你找我嗎？』梁舒盈寫了一封電子郵件給葉永綠。

當天晚上，她收到阿綠的回音，他問：

『我們可以見面嗎？』

他們約好在一家義大利小餐館見面。這天是她的休假。她懷著興奮的心情赴約。那麼多年沒見了，阿綠現在好嗎？他變成怎樣了？他結婚了嗎？不會的。她眞想快點見到他。

來到餐廳裡，她見不到阿綠。坐在那裏等她的，是一個個子瘦小的女人。

『你是誰？』

『我是阿綠的女朋友。』

『你找我有甚麼事？』

『我想告訴你，阿綠死了。』

梁舒盈本來滿懷希望來這裏跟阿綠重聚，現在，竟然有一個自稱是阿綠女朋友的陌生人告訴她，阿綠已經死了。那個根本不是甚麼『尋人網站』，而是一個專門作弄人的網站！

『我是在收拾阿綠的遺物時，在那本書裏無意中看到你們的照片的。』紀文惠說，『請你原諒我用阿綠的名義找你。我覺得我應該把他的死訊告訴你。』

這個女人看來不像是作弄她。那麼，阿綠的死是眞的嗎？他這麼年輕，不可能的。

『阿綠是怎麼死的？』

『他參加賽跑時突然昏倒了，是心臟病。』

『你爲甚麼要告訴我？』她流下了眼淚。

『因爲你們曾經一起呀！』紀文惠天眞地說：『照片上的你們很幸福。』

『是的，我們是初戀情人。』

『喔，原來是這樣，可不可以告訴我，阿綠以前是一個怎樣的人？』

『他很好，眞的。』

『我知道。』紀文惠微笑說。

『我在護士學校的時候，他在念大學，大家可以見面的時間不是很多。爲了幫補家計，他每天下課之後還要去替學生補習，又要去教夜中學。我埋怨他沒時間陪我，我們爲了這個原因常常吵嘴，後來也就分開了。』

『跟那本《生活在他方》有甚麼關係？』

『我們第一次約會，就是去逛書店，那本書是當天買的。我們都很喜歡那個故事，後來，阿綠又買了一本給我，所以，我們每人都有一本。』

『原來是這樣。』

見面之前，紀文惠本來很想知道阿綠有多愛這個女人。然而，這一刻，她根本不想知道他愛她們哪一個多一點，她甚至不介意阿綠愛另一個女人多一點。這又有甚麼關係呢？阿綠已經不在了。

『謝謝你給阿綠一段快樂的日子。』紀文惠由衷的說。

『你也是。』梁舒盈含淚說。

『你最記得阿綠的甚麼？』

梁舒盈笑了起來：『他穿衣服太老實了，比實際年齡老了十年！』

『對呀！他就是這樣，我從來沒見過他穿牛仔褲。』

『他會穿咖啡色襯衫配藍色褲子，難看死了！』

『是的，他穿衣服眞沒品味。但是，這是他的優點。』

『是的。』

忽然之間，一種幸福而悲哀的感覺幾乎同時從這兩個女人的心底湧出。她們對望著，雖然素昧平生，因爲愛過同一個男人的緣故，卻變得很親近。她們微笑相對，互相慰藉。

一支童音唱頌的〈平安夜〉飄來，縈繞心頭。

『這是〈平安夜〉嗎？』梁舒盈問。

『是的，聖誕節快到了。』紀文惠說。

『多少慈祥，也多少天眞，

靜享天賜安眠，靜享天賜安眠——』

這不是〈平安夜〉，對她來說，這是一支最哀痛的情歌。

梁舒盈伸手摸了摸紀文惠的臉，從她的髮鬢裡變出一朵暗紅色的聖誕花來。

『送給你的。聖誕快樂。』

『你會變魔術的嗎？』

『是一個病人教我的。本來我是想變給阿綠的。』

『謝謝你。聖誕快樂。』

夜裡，梁舒盈把她一直放在抽屜裡的那本《生活在他方》拿出來，裡面夾著她和阿綠的一張合照，跟阿綠收起的那張，是同一張。照片上的阿綠，眞的很幸福。那時候，她太任性了。兩個人最初走在一起的時候，對方爲自己做一件很小的事情，我們也會很感動，後來，他要做更多的事情，我們才會感動。再後來，他要付出更多更多，我們才肯感動。人是多麼貪婪的動物？

多少年過去了，她才知道自己最愛的是阿綠。她以爲如果阿綠也思念她，他會找她的。也許，某年某天他們會在路上重逢。

紀文惠告訴她，阿綠出事之後，被送進東區醫院，那不正是她工作的地方嗎？她回去翻查急診室檔案，果然有阿綠的入院記錄。那一天，她不也是在醫院裡值班的嗎？原來，他們已經重逢過了。

她爸爸因爲太思念死去的妻子的緣故，穿了妻子生前穿過的裙子和她用過的皮包，回到他從前每天陪她上班的那段路上徘徊，結果被巡警逮住了，以爲他是個易服癖。思念，是多麼的淒苦？爸爸可以穿著媽媽的衣服來懷念她，紀文惠也留著阿綠的衣服，她卻只有一本《生活在他方》。阿綠的確已經在另一個地方生活了。書中的詩人，在結局裡死去。書的故事與名字，難道是一個預言嗎？她顫抖著雙手翻開書的第一頁。這些年來，她不知道重看過多少遍了。可是，這一次，眼淚模糊了她的視線。

兩個人分手之後，天涯各處，不相往還，我們總是以爲，對方還是活著的。原來，那個人也許已經不在了。

相約在義大利餐廳見面的那天，她以爲她和阿綠唱的是一支重聚的歌；誰知道，阿綠沒有來，也永遠不能來了。她能爲他唱的，也只是一支安魂曲。

7.

從溫哥華飛往香港的班機，已經在停機坪上等候，乘客們陸續上機。莫君怡用育兒帶把兩個月大的兒子繫緊在胸前。她左手拿著機票，右肩搭著一個大棉布袋。重甸甸的棉布袋裡放著嬰兒尿布、奶粉、奶瓶、毛毯和孩子的衣服。她幾乎是最後一個進入登機走廊的。

空中小姐看到這位年輕的媽媽，連忙走上前，問她：

『太太，需要我幫忙嗎？』

『不用了。』她客氣的說。

『你帶著孩子，是可以早一點登機的，不用跟其他乘客一起排隊。』空中小姐說。

『是嗎？』

莫君怡從來就沒有使用過這種媽媽優先的服務。她以後會記住。這種方便，是單身的時候沒有的。

這班機差不多全滿。狹窄的甬道上，擠了幾個還在努力把隨身行李塞進頭頂的箱子的乘客。孩子在她懷裡不停扭動身體，莫君怡狼狽地在機艙裡尋找自己的座位。

她的座位就在甬道旁邊，是她特別要求的。她的左邊坐了三個人，是一對老夫婦和一個男人。男人的膝蓋上放著一本韓純憶的小說。

莫君怡先把大棉布袋放在座位上，然後鬆開育兒帶，那樣她便可以抱著孩子坐下來。孩子的小手使勁地扯著她的衣領，她一邊的胸罩帶都露了出來。她拉開他的小手，他忽然哇啦哇啦的哭起來，似乎老是要跟她過不去。她發現遠處好像有一個熟悉的人。她抬起頭；就在抬起頭的一剎那，那個人已經投影在她的瞳孔上。

她連忙坐了下來。懷裡的孩子仍然不停的哭，他用手不斷抓她的脖子，在她脖子上抓出了幾道紅色的指痕。她的眼淚簌簌的湧出來。

為甚麼會是他？為甚麼會是在這裡？

杜蒼林就坐在後面。剛才看到他的時候，她看到他身邊坐著一個女人。那個人，大概就是他太太吧？她跟她在腦海裡想像的全然不同，她一直想像她是一個自私而相貌平凡的女人。可是，坐在他身旁的她，雖然平凡，看來卻很賢淑。她的肚子微微的隆起，幸福地依偎著丈夫。她有了身孕。

『太太，你沒事吧？』坐在她旁邊的男人問她。

『我沒事。』她一邊哭一邊說。

看到孩子在她懷裡不斷掙扎，他問她：『要不要我替你拿著你的寶寶？』

他很快發覺自己用錯了字眼，嬰兒不是物件，不能拿著。

『我是說，要不要我暫時替你抱著你的寶寶？』他誠懇的說。

『不用了，謝謝你。』

『我姓姜，有甚麼事，儘管開口。』

『姜先生，我現在的樣子是不是很糟糕？』莫君怡微微抬起頭問他。

姜言中不知道怎樣回答她的問題，他想，她大概是一個產後有點憂鬱的女人。

『也不是。』他安慰她。

『我知道是的。』

她沒有化妝的臉上，還有些殘餘未褪的紅斑，那是幾天前開始的皮膚敏感。個把月來帶著孩子的生活，把她整個人弄得蒼白憔悴。孩子昨夜不肯睡，把她折騰了一晚。今天早上趕著到機場，她沒有打理過頭髮，由得它蓬蓬鬆鬆。生產之後，她的乳房變鬆了，又長滿奶瘡。她今天穿著一件六年前的舊棉衣和一條廉價的棉褲。

她糟糕得不會有任何男人想多看她一眼。

爲甚麼偏偏要在這個時候遇到杜蒼林？

重逢的一刻，竟是如此不堪。

她完全不敢轉過頭去再望他一眼。離開他的時候，她以爲他會永遠懷念她。

三年前的那個晚上，她和杜蒼林在家裏的那張牀上做愛。他戴著兩個保險套。除了在她的安全期和月經周期之外，他每次都是戴著兩個保險套。她知道，他是害怕她懷孕。他怕她會用懷孕來逼他離婚。

『可不可以不用？』她勾住他的脖子，問他。

『不用的話，會有小孩子的。』

『我想替你生孩子。』她微笑著說。

『生了孩子，身材就沒有現在這麼好了。』他笑了笑。

『我不怕。你猜我們的孩子會長得像你還是像我？』

『你眞的想要孩子嗎？』

『嗯。』她堅定地點頭。

『你會後悔的。』

『那就是說，即使我有了孩子，你也不會跟我結婚，對嗎？』她哭著說。

『你又來了！』杜蒼林停下來，爲她擦淚。

『你和你太太做這件事的時候，也是用兩個嗎？』

『不要提起她好嗎？』

『我要知道。』她執著的望著他。

『我已經很久沒有碰過她了。』

杜蒼林用力地摟抱著她，說：

『我永遠不會放棄你。』

莫君怡的眼淚又再洶湧而出。她知道她不應該相信他。假如他那麼愛她，爲甚麼他不肯為她離婚？就是為了所謂道義嗎？他老是說很久沒有碰過太太了；可是，他們天天睡在一起，他怎麼可能碰也不碰她？他不碰她，她難道不會懷疑？

可是，看來這麼難以置信的事情，她卻深深地相信。如果她不是這樣相信，她怎麼能夠忍受杜蒼林每天晚上跟另一個女人睡在一起這回事？

她相信杜蒼林永遠不會放棄她。無論是真或假，有些事情，她想永遠相信下去。

那天下班的時候，她本來想去買點東西，天忽然下起雨來，她隨便走進一家書店避雨。在書店裏，她無意中看到了一本韓純憶的書。書名很古怪，所以她買下來了。

雨停了，她坐地鐵回家。

在車廂裡，她開始看那本小說。故事的女主角，愛上了一個已婚的男人。

她一邊看，眼淚一邊流下來，地鐵來回了好多遍，她沒有下車，她捨不得不看下去。

爲甚麼韓純憶竟然說中了她的心事？她不單說中她的心事，也說中了她的痛苦和快樂。

她這一輩子，從來沒有像跟杜蒼林一起時流的眼淚那麼多，卻也從來沒有像跟他一起時這麼快樂。

至苦和至樂，都是他給的。

小說裏的女主角跟她的男人說：

『我想，我應該嫁一個我不怎麼愛的人，然後，再跟你偷情。這樣比較公平。』

莫君怡也曾經這樣想過，可是，她做不到。她跟杜蒼林說：

『假如有一個男人跟你完全一樣，而他是沒有太太的，我會立刻愛上他。』

然而，怎麼可能有一個人跟他一模一樣呢？

在她公司裡，一個男同事跟她很談得來。她知道他對她有意思，她一直躲避他。

那天，她跟杜蒼林吵架了。他們幾乎每個星期都會吵架，都爲同一個問題吵架。她要他留下來過夜，他沒有答應。

第二天，她瞞著杜蒼林去跟那個男同事吃法國菜。

她打扮得很漂亮的去赴約。她很想愛上別人；那麼，她便可以忘記他，也可以把自己從無邊的痛苦中釋放出來。

可是，那頓飯糟糕得不得了。

她一邊吃一邊感到內疚。她內疚自己竟然背著杜蒼林和另一個男人約會。她爲甚麼會覺得內疚？他已經有太太。她有權愛另一個。然而，她就是內疚。

當那個男人起來上洗手間的時候，她望著他的背影。跟杜蒼林比較，他的背影是那麼蒼白而沒有內容。除了杜蒼林，她再也不可能愛上任何人了。

她要做一個專一的第三者。這樣可笑嗎？她專一地愛著一個不專一的男人。她知道，杜蒼林愛她遠多於他太太，遠多於他最愛他太太的時候，如果他有愛過他太太的話。她必須這樣相信，才可以繼續下去。

那個男人開車送她回家的時候，她擰開了車上的收音機，剛好聽到夏心桔主持的Channel A。

一個二十三歲的女孩子打電話到節目裏說，她男朋友已經五個月沒碰過她了。他是不是不再愛她？她在電話那一頭哭起來，一邊抽泣一邊說：

『我覺得自己像個小怨婦。』

『當男人不愛一個女人，是不是就不會再碰她？』莫君怡問他。

『也不是的。』

『男人可以跟自己已經不愛的女人上牀的嗎？』她悲傷地問。

『你要我怎麼回答你？』

『說眞話。』

『有些男人可以。』

『爲甚麼?』

『雖然他已經不愛那個女人，但是，那個女人愛他。她會爬到他身上去。』

那天晚上，她回到家裡，一進門口，就把身上的衣服脫光，爬進被窩裡。她肯定，她的男人是例外的。杜蒼林不會再碰一個他已經不愛的女人。雖然他這刻不是睡在她身邊，但是，她光著身子，一隻手搭在另一個枕頭上面，想像他就在她身邊。

午夜醒來的時候，她才知道，杜蒼林並沒有睡在她身邊。

她好想打一通電話給他，好想聽聽他的聲音，可是她知道，她沒有這個權利——沒有在午夜打電話給人家丈夫的權利。

第二天晚上，他們在牀上做愛的時候，她抱著杜蒼林，不停的飲泣。

『你爲甚麼哭?』他緊張地問她。

『你知道我昨天晚上去了哪裡嗎？』她含著淚問他。

杜蒼林搖搖頭。

『大部分的事情，你都不可以陪我做。』她抹乾眼淚，苦笑一下。

『是的。』他深深地嘆氣。

『我時常在想，你陪我走的路，可以有多長，又會有多遠。』

她望著杜蒼林，沉默了良久，杜蒼林也沉默了。

『我知道終有一天，會只剩下我一個人繼續走下去。』她說。

『爲甚麼你總是在最快樂的時候說這種話？』他難過地問。

『因爲我害怕會失去你。』她蜷縮在杜蒼林身上嗚咽。

『不會的。』他輕撫她的身體。

『難道你可以一輩子和兩個女人共同生活嗎？』

他答不上。

『我常常告訴自己，你是我借回來的，期限到了，就要還給別人。』

『你想把我還給別人嗎？』他微笑問她。

『我希望我能夠那麼狠心。』她淒然地笑。

『你不會的。』

『我會的。』

她在他身上睡著了。

爲了不要弄醒她，他由得她壓著自己。直到深夜，回家的鐘聲敲響了，他必須要走。他輕輕的把她移到旁邊，起來去洗澡。

莫君怡買的肥皂，是和杜蒼林在家裏用的一樣的。很久以前，她問他在家裡用哪個品牌哪一種香味的肥皂，然後，她就買相同的。那麼，當他從這裡回家，他太太不會在他身上嗅到另一種肥皂的香味，不會因此而懷疑他。

誰都沒有她設想得那麼周到。

有時候，她覺得自己太善良了。假如她想把杜蒼林搶過來，她應該故意買另一種香味的肥皂，讓他太太知道他有了別的女人，那麼，她或許會跟他離婚。到時候，他便自由了。

杜蒼林洗了澡，用毛巾抹乾身體，然後穿上褲子準備回家去。

她望著杜蒼林的背影，一陣鼻酸。在她的生活裡，其中一件最難受的事便是每次跟他做愛之後，看著他穿上褲子回家去。

她假裝睡著了。杜蒼林穿好衣服，在她臉上深深的吻了一下，然後輕輕的關上門。他的背影 是那麼惆悵。就在一瞬間，她認清了一個事實——他是個必須回家的男人。他永遠不可以和她一起待到明天。

她的明天，只有她自己。這個事實是多麼的殘酷？

他們幾乎每次見面都吵架。每次想到他是屬於別人的，她就覺得難以忍受。

當杜蒼林的生日快到，她跟他說：

『生日那天，我陪你慶祝好嗎？』

他沉默良久。

到他生日的那一天，她在家裏等他。他早上打電話來，說：

『我明天來好嗎？』

『你今天不來，那就以後也不要來。』她掛上話筒。

她也許並沒有自己以爲的那麼善良，她買一片跟他在家裏用的一樣的肥皂，不是不想他太太發現他有第三者，而是害怕當他太太發現了，杜蒼林便不能再來見她。在她和他的婚姻之間，她沒有信心他會選擇自己。

她現在偏偏要把自己逼到絕境，她要成爲跟他廝守終生的唯一的女人。

那天晚上，杜蒼林終究沒有來，她輸了。她悲傷得無法去上班，第二天下午，仍然待在牀上。

聽到杜蒼林用鑰匙開門的聲音，她假裝睡著。他走進來，坐在她旁邊，爲她蓋上被子。

她轉過身來，凝視著他。

他是那麼陌生，從來不曾屬於她。

她嘆了一口氣，說：『你回去做你的好丈夫吧。』

『別這樣。我說過永遠不會放棄你。』他輕撫她的臉。

她別過臉去，說：

『不是你放棄我，而是我放棄你。我不想你痛苦，也不想自己痛苦。』

沉默了片刻，她又說：

『有一天，當你自由了，你再來找我吧。』

那天之後，她搬走了，換過電話號碼，也換過了一份工作，不讓他找到她。

兩個月後，她發現自己懷孕了。一定是上次錯誤計算了安全期。

她終於懷了杜蒼林的孩子，可惜，她和他分手了。她不打算告訴他，她不想破壞他現在的生活。

她一個人跑到溫哥華，準備在這裡悄悄的把孩子生下來。她在這裏沒有親人和朋友。她幸福地期待著孩子降臨，他是她和杜蒼林相愛的最後的憑據。

然而，當肚子一天一天的隆起來，她的情緒波動也一天比一天厲害。夜深人靜的時候，在那個狹小的公寓裡，她常常獨自飲泣。她需要一個丈夫，她的丈夫卻是別人的丈夫。她是不是太任性了？

臨盆的那天，她一個人揹著一大袋產後的用品走進醫院。她陣痛了整整二十個小時，孩子把她折磨得死去活來。她最需要丈夫的時候，陪著她的，只有醫生和護士。

孩子在她懷裡呱呱地哭。起飛半小時了，他仍然拼盡氣力的哭。機艙裡面的人全都望著她，露出煩厭的目光。

坐在後面的女人抱怨說：

『吵死人了！』

『乖乖，不要哭，不要哭！』坐在她身邊的姜言中幫忙哄孩子。

『太太，你要不要幫忙？』空中小姐上來問她。

跟她坐在同一行的老婦說：

『孩子可能受不了氣壓轉變，你試試餵他喝點水吧，他會安靜下來的。』

她向空中小姐要了一杯暖白開水，用奶瓶餵他。孩子把奶瓶推開，水濺在她臉上。

坐在前面的一個中年女人轉過頭來教她：

『你起身抱他走走吧。』

她不是不知道可以站起來走走，但她根本沒有勇氣站起來，她不想讓杜蒼林看到她。

杜蒼林的太太正幸福地懷著他的孩子。爲甚麼這個女人可以名正言順地爲他生孩子，而她卻不可以？

他不是說過已經很久沒有碰過她的嗎？她走了之後，他又和她上牀了。

男人能夠碰他已經不愛的女人。她只好這樣相信。

孩子哭得頭髮全濕透，臉也漲紅了，還是不肯罷休。他使勁地抓住她的頭髮不放手。他爲甚麼老是要跟她過不去？他知道她爲他受了多少苦嗎？他就不能讓她好過點。

『求求你，不要再哭。』她望著他，眼淚湧了出來。她恨自己，她根本不會帶孩子。

今天是她一生中最糟糕的一天；比起那天一個人在醫院裡生孩子更糟糕。她曾經以爲那已經是最糟糕的了。

『我不准你再哭！』她戳著他的鼻子說。

孩子哭得更厲害，幾乎要把五臟六腑都哭出來。

她抱著孩子站起來。他的哭聲變小了。機艙裡每一雙眼睛都望著她。她一步一步的走向杜蒼林。

杜蒼林望著她，不知所措。

她把孩子放在他大腿上，說：

『他是你的孩子，你來抱他！』

他太太嚇得目瞪口呆，流露出驚愕的神情。

機艙裡每一個人都靜了下來。

杜蒼林用手輕拍孩子的背，在他懷裡，孩子果然不哭了。

她很久很久沒見過杜蒼林了。她還是死不悔改地愛著他。他在她記憶裡永存，思念常駐。

這一刻，杜蒼林抬起頭來，心痛地望著她。那心痛的表情一瞬間又化爲重逢的微笑。微笑中有苦澀，離別的那一天，他爲她蓋被子的那一幕，又再一次浮現在她腦海。她忽然諒解，他不想她懷孕，不是基於自私的理由，而是他知道，她承受不起那份痛苦。

她虛弱地用手支著椅子的靠背，用微笑來回答他的微笑。她從來沒有懷疑過他對她的愛。只是，她也知道，他可以陪她走的路，不會有太長，也不會有太遠。他是個必須回家的男人。

他永遠不可以和她一起待到明天。

8.

晚上九點鐘，中環California健身院的一列落地玻璃前，每個人都流着汗，忙碌地做着各種器械運動。他們是這個城市的風景，這個城市的風景也點綴了他們。

莫君怡在跑步機上跑了四十分鐘，頭髮和衣服全都濕透了。剛來這裏的時候，她不敢站在窗前，怕街上的人看她。後來，她習慣了。是她看街上的人，不是街上的人看她。過路或停下來觀看的人，不過是流動的風景。

準備去洗澡的時候，她看見了姜言中，他在踏單車。十個月前，他們在飛機上相遇，他就坐在她旁邊，幫了不少忙。

『姜先生，你也在這裏做運動的嗎？』

『喔，是的，我是第一天來的，沒想到人這麼多。』

『因爲寂寞的人很多呢！』

『你比上次見面的時候瘦了許多。』

『我天天都來這裏，減肥是女人的終身事業嘛。你爲甚麼來？你並不胖。』

『我有個好朋友，年紀很輕，卻在馬拉松賽跑時心臟病發過世了。』

『所以你也開始注重健康？』

『也許我怕死吧！』姜言中說。

莫君怡想不到說些甚麼，終於說：

『我先走了。』

離開California，她走路到附近的Starbucks，買了一杯Caffe mocha，坐下來看書。不知道過了多少時候，一個男人在她身邊說：

『在看《星星還沒有出來的夜晚》嗎？』

莫君怡抬起頭來，看見了姜言中，他手上拿着一杯espresso。

莫君怡挪開了自己的背包，說：『最近買的。』

『這本書是給小孩子看的。』姜言中說。

『對小孩子來說，未免太深奧了。』

『是的，小孩子才不會想，無限的盡頭到底在哪裏？更不會去想，人是否可以任意更換自己的皮囊。』

『如果可以的話，你想換過一副皮囊嗎？』莫君怡問。

『當然希望，我想換一副俊俏一點的。』姜言中笑着說。

『我也想換過一副，那就可以忘記過去的自己。』莫君怡呷了一口咖啡，說：『有時候，我會想，會不會有另一個我存在呢？』

『你不喜歡現在的自己嗎？』

『不。只是，如果還有另一個自己，那一個我，或許會擁有更多感情和肉體的自由。』

『我從沒想過有另一個自己。』

『這是女人常常胡思亂想的問題。另一個我，也許很灑脫、很快樂，甚至會跟自己所愛的男人去搶劫銀行。』

姜言中笑了：『會嗎？』

『也許會的，因爲是另一個我嘛！』

莫君怡望着姜言中，忽爾不明白自己爲甚麼跟他說了這許多話。也許，他的笑容太溫暖了，而她也太寂寞了。

莫君怡放下手上的咖啡杯，拿起背包，說：『這裏要關門了，你住在哪裏？』

『銅鑼灣的加路連山道。』

『眞的嗎？我也住在附近，我送你一程吧。』

『那謝謝你了。』

車子是她兩個月前買的，是一輛迷你四驅車。從前，她做夢也沒想過自己會喜歡這種車，那時候，她夢想的車，是舒適的轎車。

『我喜歡這種車。』姜言中說。

『雖然說是四驅車，卻不能翻山越嶺。這種車子，是設計給城市人開的。他們只是要一個翻山越嶺的夢想。』莫君怡說。

她擰開了收音機，問姜言中：

『你喜歡看書的嗎？』

『我是做出版社的，韓純憶的書都是我們出版的。』

『眞的嗎？她的書陪我度過許多日子。』

『我還不知道你的名字。』

『喔，對不起。我叫莫君怡，我也只知道你姓姜。』

『姜言中。』

收音機播放着夏心桔的節目，一個女孩子在電話裏說：

『你相信有永遠的愛嗎？』

夏心桔說：『我相信的。』

『你擁有過嗎？』女孩問。

『還沒有。』

『那你爲甚麼相信？』

『相信的話，比較幸福。』夏心桔說。

『你相信嗎？』莫君怡問姜言中。

『嗯？』

『永遠的愛——』

姜言中搖了搖頭。

『爲甚麼不？』

『不相信的話，比較幸福。』

車子到了，莫君怡微笑着說：

『在California再見。』

他們再見的地方，卻不是California，而是在街上。莫君怡在車裏，姜言中在車外。她調低玻璃窗，驚訝地問：『你爲甚麼會在這裏？』

『我有朋友住在附近，你呢？這麼晚了，你一個人躲在車上幹甚麼？』

『你上來好嗎？』莫君怡推開車門，姜言中坐到駕駛座旁邊。

『你在等人嗎？』

莫君怡苦澀地笑了笑：『也可以這樣說。這樣吧，你陪我等人，我送你回家。』

『聽起來很划算，好吧，反正我的好奇心很大。』

莫君怡忽然沉默了。姜言中看到一個男人從一幢商業大廈走出來，登上一輛計程車。

莫君怡發動引擎，跟蹤那輛計程車。

『他不就是飛機上的那個人嗎？』姜言中說。

『是的。他叫杜蒼林。』

十個月前，他到溫哥華公幹，回來香港時，跟莫君怡同一班飛機。當時的她，手上抱着一個剛滿月的嬰兒。那個嬰兒哭得很厲害，他問她要不要幫忙，她卻只是微微抬起頭來，問他：『我現在的樣子是不是很糟糕？』

那個孩子哭個不停，莫君怡突然抱着孩子走到後面一對夫婦跟前，把孩子放在那個男人的大腿上，說：『他是你的孩子，你來抱他！』

飛機降落香港之後，莫君怡從男人手上抱回那個孩子，那天之後，姜言中沒有再見過她，直到他們在California重逢。

杜蒼林坐的計程車在北角一幢公寓前面停下來，莫君怡遠遠的留在後面，看着他走進公寓。

『他住在這裏的。』莫君怡說。

『你們還在一起的嗎？』

『怎麼可能呢？他是屬於另一個女人的。我們已經分手了。』

『既然已經分手了——』

莫君怡反過來問他：『難道我不可以看看他嗎？』

『你天天也來？』

『只是想念他的時候才會來看看。』

『這是爲了甚麼？』

莫君怡慘然地笑笑：『我想知道有沒有永遠的愛。』

姜言中並不明白，這樣跟蹤一個舊情人，爲甚麼就可以知道有沒有永遠的愛？然而，女人是從來不講道理的。她們的道理，就是自己的感覺。像紀文惠，她竟然會去尋找阿綠以前的女朋友，這是多麼難以理解？

『你有沒有對一個女人說過你永遠愛她？』莫君怡問。

『有的。』

『後來呢?』

『後來——』姜言中靦腆地笑笑,『也許忘記了。』

『你說的時候,是眞心的嗎?』

『是的,後來,環境改變了。』

『能夠讓環境改變的,便不是永遠。』

莫君怡忽然指着車外說:『他太太回來了。』

一個女人從計程車上走下來,匆匆走進公寓裏。那是姜言中在飛機上見過的那個女人,她就是王莉美。

過了一會兒,杜蒼林和這個女人從公寓裏走出來,他們手牽著手,很恩愛的,好像是去吃東西的樣子。

『我們走吧。』莫君怡的車子在杜蒼林身旁經過,他看不見她。

『我的車子換了，所以他不會留意。』莫君怡說。

『喔。』

『一個人是不是可以同時愛很多人？』她問。

『是的。』

『明白了。』

莫君怡擰開了收音機，剛好聽到夏心桔在Channel A節目裏說：

『無限的盡頭，究竟在哪裏？』

她望了望姜言中，無奈地笑了。

車子到了加路連山道，姜言中說：

『下次需要我陪你去跟蹤別人的話，儘管打電話給我好了。』

『謝謝你了。』莫君怡說。

姜言中可以陪她去跟蹤杜蒼林；陪她去追尋過去的承諾的，卻只有她自己。

後來的一個晚上，莫君怡一個人坐在車上，車子就停在杜蒼林的公寓外面。她沒有看見杜蒼林，卻看見他太太王莉美神神秘秘的從公寓裏走出來，鑽上一輛在街角等她的車子。開車的，是個男人。

車子駛到了淺水灣一條幽靜的小路上，莫君怡悄悄地跟蹤他們。車子停在樹叢裏，王莉美和男人並沒有下車。莫君怡從車上走下來，走到他們那輛車子旁邊，她看到王莉美和那個男人在車廂裏親熱。

王莉美看到了她，嚇得目瞪口呆，連忙把身上的男人推開。莫君怡看了看她，走開了。

『不要走！』王莉美從後面追上來。

『你是第二次把我嚇倒了，第一次，是在飛機上。』王莉美說。

『對不起，兩次都不是有意的。』莫君怡說。

『你會告訴他嗎？』

『我為甚麼要這樣做？』

『只要告訴他，他便屬於你的。』

莫君怡淒然說：『他從來不屬於我，他是你的丈夫。』

王莉美難堪地站着。

『回去吧，那個人在等你。』莫君怡說。然後，她問：『車上的那個男人，是你愛的嗎？』

『是的。』王莉美說。

『你愛你丈夫嗎？』

『我愛他。』王莉美流着淚說，『你會告訴他嗎？』

『我愛他，我不想他痛苦。』

『謝謝你。』

『你用不着多謝我，我是搶過你丈夫的女人呢！』

『現在我們打成平手了。』王莉美說。

『你相信有永遠的愛嗎?』她問。

『我不相信。』王莉美抹了抹臉上的淚，哽咽着說。

然後，她轉過身去，回到那輛車上，留下一個頹唐的背影。

莫君怡爬上自己的車，離開了那條小路。原來，一個人的確是可以同時愛着兩個人的。愛情是百孔千瘡，我們在背叛所愛的同時，也被背叛。或許，我們背叛了所愛的人，只是因爲沒法背叛自己。

如果是一年前，她看到杜蒼林的太太偷情，她會很高興;然而，這天晚上，她只是覺得悲哀。王莉美是第二個告訴她世上沒有永遠的愛的人，第一個是姜言中。

後來有一天，她在杜蒼林的公司外面等他，杜蒼林鑽上一輛計程車。可是，那並不是回家的路。她在後面跟着那輛計程車，愈走愈難過。那是去她以前住的地方的路。

計程車停在她以前住的公寓外面，杜蒼林從車上走下來，莫君怡把車停在對面。他爲甚麼來這裏呢？他明明知道她很早之前已經搬走了。

杜蒼林在公寓外面徘徊，昏黃的街燈下，只有他一個人，哀哀地追悼一段已成過去的感情。他曾經跟她說：『我永遠不會放棄你！』他說的時候，是眞心的。多少時間過去了，她很想走下車去擁抱他，然而，那又怎樣呢？他同時也愛着另一個女人。

她開動車子，徐徐從他身邊駛過，杜蒼林忽爾回頭望着她的車。他看到她嗎？好像看見了，也好像看不見。她衝過紅燈，不讓他追上來。車子駛上了公路，她終於把車拐到避車處，失聲地哭了。

一輛計程車在她的車子旁邊停下來，一個男人從車上走下來，是姜言中。

『你沒事吧？』姜言中拍拍她的車窗。

她調低車窗：『你爲甚麼會在這裏？』

『我正要回家，看到你的車子停在這裏，以爲你拋錨了。』

『我沒事。』

『可以送我一程嗎？』

『當然可以。』

姜言中把計程車司機打發了，坐上莫君怡的四驅車。

『你剛才看到我的時候，好像有點失望。』姜言中說。

莫君怡笑了笑，沒有回答。

『是不是又去跟蹤別人了？』姜言中問。

『你怎麼知道的？』

『這麼好玩的事情，爲甚麼不帶我去？』

『下次帶你去吧！』

『眞的還有下次？』

『也許沒有了。我可以去你家嗎？我不想一個人回去。』

『你不介意我的家亂七八糟嗎？』

『沒關係，我的家也亂七八糟。』莫君怡說。

她很想要一個男人的懷抱，她想過新的生活。

可是，當她躺在姜言中的牀上，她心裏想着的卻是杜蒼林在她舊居深情地徘徊的一幕。

『對不起，我好像不可以。』她說。

『我好像也不行。』姜言中尷尬地說。

『你也有掛念着的人嗎？』

『從溫哥華回來的那天，我碰到我以前的女朋友。』

『你還愛著她？』

『我覺得很對不起她。』

莫君怡笑了：『爲甚麼男人老是覺得對不起以前的女朋友，他們當時不可以對她好一點的嗎？事後內疚又有甚麼意思。』

『男人就是這樣。』

『你做了甚麼對不起她的事？』

『我在她很愛我的時候離開她。』

『我也是在杜蒼林很愛我的時候離開。這樣或許是最完美的。』

『爲甚麼？』

『這樣的愛情，永遠沒有機會過期。』

姜言中抱着自己的膝蓋，莫君怡抱着姜言中的枕頭，他們像這個城市裏所有寂寞的男女一樣，遙望着星星還沒有出來的天際。

『你眞的不相信有永遠的愛？』莫君怡問。

姜言中搖了搖頭。

『從來沒有人對你說，她永遠愛你嗎？』

『沒有。可能是我的吸引力不夠吧。』

『你不相信，便不會聽到。』

『也許吧。』

『我比你幸福。我相信有永遠的愛，而我看到了。』她說。

『你知道永遠有多遠嗎？』她問。

『我可沒有想過這麼遠的問題。』姜言中說。

『我知道永遠有多遠。』她說。

『有多遠？』

莫君怡微笑着，沒有回答。她想睡了。

誰會去想永遠有多遠呢？永遠一點也不遠，它太近了，就在眼前。你這一刻看到的，便是永恆。她看到了一個永遠愛她的男人，那一幕，是永遠不會消逝的。

9.

從香港飛往溫哥華的班機起飛了。杜蒼林與王莉美坐在靠窗的座位上。從窗子往下望，夜色璀璨。許多年前，他也是隻身到溫哥華上大學。這一次，他是來公幹的。

一夜之後，飛機在溫哥華機場降落，自從離開之後，杜蒼林再沒有踏上這片土地。一個人不願意重遊故地，通常有兩個原因：從前的回憶太美好了，他不想破壞它。又或者是以前的回憶太痛苦了，他不想再去碰它。

不論如何，他始終又回來了。

溫哥華的秋天有點蕭颯。工作進展得比他想像中順利。這一天的會議結束之後，他坐計程車來到市內一家醫院，一個穿著白袍的女人站在走廊上等他。她是蔣安宇，他的大學同學，這家醫院的化驗師。

蔣安宇走上來跟他擁抱，說：

『昨天接到你的電話，眞的嚇了我一跳。你結了婚沒有？』

『結了。』

『你呢？你結了婚沒有？』

『我連男朋友都還沒有呢！』

『嚴英如她好嗎？』杜蒼林問。

蔣安宇笑笑搖了搖頭：『我早知道你不是爲我而來的。』

杜蒼林有點兒尷尬：『很久沒有她的消息了。』

『我們不常見面。老同學的聚會，她也很少參加。』

『她結了婚沒有？』

『好像還沒有。』

『有男朋友嗎？』

『這個我倒不清楚。我只知道她在中學裏教生物。我把學校的地址和電話號碼寫下來給你吧。你會去找她嗎？』

『假如你是她，你會想見到我嗎？』

『那要看看我現在是否幸福。幸福的話，我也不介意跟舊情人見面。』

杜蒼林來到學校，有幾個學生在草地上打球。他問一個紅髮男孩，紅髮男孩告訴他，嚴英如在實驗室裡。

他來到草地旁邊的一座實驗室，走廊上，空氣裏飄著微微的腥味。實驗室的門沒有關上，他站在門外，看到了嚴英如。

嚴英如身上穿著一襲粉藍色的羊毛裙，戴著一雙深紅色的手套，正在收拾學生們解剖完的鮮魚。怪不得空氣裡有一股腥味。

嚴英如抬起頭，看到了他。她的手套染滿了魚血，停留在半空。她太震驚了。

杜蒼林向前走了兩步，說：

『是蔣安宇把學校的地址給我的。』

『甚麼時候來的？』

『大前天。』

『哦——』

『你好嗎？』他靦腆地問。

『很好。』她微笑。

嚴英如把手套脫下來，丟到垃圾桶裡。

『這次來溫哥華是幹甚麼的？』嚴英如一邊收拾桌上的書一邊問。

『是來公幹。』

『那甚麼時候要走？』

『明天。』

『哦。』

『我剛才看見附近有家 Starbucks。你有空嗎？我們去喝一杯咖啡。』

『也好，可以吹一吹身上的腥味。你在外面等我，我去拿我的皮包。』

嚴英如回到教員室，把手上的書放下，呆呆的坐在自己的座位上。

杜蒼林不是一聲不響的走了嗎？他那麼殘忍地把她丟下，爲甚麼現在又要來干擾她平靜的生活？

她的心有點亂。她把頭髮整理了一下，穿上大衣出去。

她從二樓走下來，看見杜蒼林在樓梯下面，雙手插著褲袋，挨在柱子上。曾經有無數的日子，他也是這樣等她下課。

『走吧。』

也曾經有無數的日子，他們在溫哥華的秋天這樣結伴走路。

他們沉默地走著，多少往事穿過歲月的斷層撲來。

那一年，她和男朋友邵重俠一起到溫哥華上大學。她和邵重俠上了不同的大學。她念生物，他念數學。邵重俠是個很好的男朋友，他對她好得沒話說。他體貼她、遷就她、寵她。

在大學裡，她認識了也是從香港來的杜蒼林。杜蒼林的老同學蔣安宇和她是同班的同學。

杜蒼林是念化學的，他們很談得來。當她不大願意在他面前提起男朋友，也不大願意讓邵重俠跟他認識，她就預感到有一天，會有一些事情發生。

她和邵重俠已經一起五年了。那五年的歲月是沒有甚麼可以代替的。然而，風平浪靜的生活往往使人變得善忘。她忘了那些美好的日子。她還年輕，她不想爲了所謂道義和責任而收藏起自己對另一個男人的愛。

況且，那份愛已經再也藏不起來了。

那年的萬聖節，邵重俠把自己打扮成日本超人，她打扮成恐龍怪獸。他們和其他朋友一起去拍門拿糖果。

鬧了一個晚上，邵重俠捧著超人面具和滿抱的糖果跟她一起踏上回家的路。

『我們分手好嗎？』她說。

『爲甚麼？』邵重俠呆住了。

『你一定要知道爲甚麼嗎？』

邵重俠痛苦地望著她。她不說，他是不會罷休的。

『也許，我已經愛上了另一個人。』

『甚麼「也許」？』

『因爲我不知道他愛不愛我。』

『他是誰？』

『我不能說。』

『你爲了一個不知道會不會愛你的人而離開我？』邵重俠流下了眼淚。

她迴避了邵重俠的目光，捧著怪獸的頭繼續往前走。是的，她也覺得自己很笨。她和杜蒼林還只是很要好的朋友，雖然是有一點曖昧，畢竟還沒開始。她爲甚麼忽然要跟邵重俠分手呢？

今天一起去拿糖果的時候，她就想跟邵重俠說，她已經不愛他了。她不知道那是突如其來的感覺還是在杜蒼林出現之後才發生的。但那又有甚麼分別呢？她和他一起走的路已經走完了。

本來，她不用現在就跟邵重俠分手。她應該先和杜蒼林開始了，確定這段感情是穩當的，確定杜蒼林也同樣愛她，然後，她才跟邵重俠分手。對她來說，這樣是比較聰明的，然而，這種愛有甚麼值得稀罕呢？

她要用自由之身去愛另一個男人。無論得或失，這種愛才是高貴的。

邵重俠哭得很厲害，她麻木地站在他身旁。超人一向是戰勝恐龍怪獸的。可是，這一次，超人被打敗了。

她身上還穿著那件怪獸衣，飛奔到杜蒼林家裏。杜蒼林來開門的時候，扮成一隻斑黃的大蝴蝶，他正和朋友在家裡開化裝舞會。

『我跟男朋友分手了！』嚴英如一邊說一邊在冷風中抖顫。

『爲甚麼？』他問。

她微笑不語。這個笑容，是一個剖白。假如杜蒼林不明白，他也不配愛她。

那天之後，她沒有再離開他的房子。

只是，這段情並不是她所以爲的那麼高貴。杜蒼林跟邵重俠壓根兒就是兩個不同的人。邵重俠寵她，甚麼都遷就她；杜蒼林很有自己的原則，不喜歡就是不喜歡。邵重俠總是把她放在第一位，可是，杜蒼林會在周末丟下她，和朋友出去玩。

她和邵重俠一起那麼多年了，跟杜蒼林一起，她明明知道不應該拿兩個人比較，但是，她總會比較他們。

那天晚上，他們爲了一件她已經忘記了的小事吵架。

她從來沒有試過生這麼大的氣，她對著杜蒼林衝口而出：

『如果是他，他才不會像你這樣對我！』

杜蒼林的臉色難看極了。

深夜裡，她趴在他身上飲泣。

『對不起。』她哭著說。

『沒關係。』杜蒼林抱著她。

她吻他的耳珠，又用臉去擦他的脖子。她用親密的做愛來贖罪。如果可以，她願意收回那句話。

可是，一句已經說到對方骨頭裡的話，是收不回來的。

第二天，嚴英如下課之後回到家裡，不見了杜蒼林。他的證件和衣服也不見了。

她爲他背棄了初戀男朋友，他對她的回報，竟是不辭而別。也許，這就是她的報應。

後來，她知道他去了三藩市。她沒打算去找他，她太恨他了。

邵重俠也退學回去香港，現在只剩下她一個人留在溫哥華。她本來被兩個男人所愛，現在卻成爲最失敗的一個。太可笑了。

她和杜蒼林來到Starbucks。她要了一杯Cappuccino。

『學校的生活還好嗎？』杜蒼林問。

她望著杜蒼林，多少年的日子倏忽已成過去。他走了之後，她談過幾次戀愛，沒有甚麼美好的結果。她刻意不跟以前的同學來往，她不想記起那些往事。

杜蒼林望著她，思量著，她現在幸福嗎？他不敢問。

那個時候，他曾經爲愛她而痛苦。她已經有一個那麼好的男朋友了，他不可能得到她，也不應該破壞她的幸福。萬聖節那天晚上，當她告訴他，她和男朋友分手了，他也同時告訴自己，要好好的待她。

他盡了最大的努力去愛她，但她總是拿他和她以前的男人比較。

他受得了單戀，卻受不了比較。

一天晚上，他們吵架的時候，嚴英如向他咆哮：

『如果是他，他才不會像你這樣對我！』

他知道，假如他再不離開，他會恨她。爲了不讓自己恨她，他一個人悄悄的走了。他在美國上了另一所大學，過著另一種生活。後來，他認識了王莉美。他不是太愛她。在寂寞的異鄉，那是相依爲命的感情。

多少年來，每次想起嚴英如，他總是很自責。他應該可以做得好一點的。嚴英如爲他背棄了另一個男人，也放棄了原來的幸福，他怎可以就這樣拋下她走了？

莫君怡離開他之後，他撕心裂肺地想念著她，不知道她到哪裡去了。一個人痛苦的時候，就會想起自己以前也曾經令人痛苦。

『對不起。』他對嚴英如說。

『你來找我，就是想對我說這句話？』嚴英如用震顫的嗓音說。

是的。這句話藏在他心裡很久了。

『爲甚麼要跟我說對不起？』

『我不該一聲不響地離開。』

嚴英如笑了：『你記不記得我也跟你說過一聲「對不起」？』

杜蒼林茫然，一點印象也沒有。

『我知道你不記得。』嚴英如站起來，說：『我要回去上課了。再見。』

她在風中抖顫著。是的，他不記得。

她恨他，不是因爲他不辭而別。

她恨他，是因爲他不辭而別的前一天晚上還和她做愛。

她爬到他身上跟他說對不起。她挑逗他，用親密的做愛來贖罪。他衝動地抱著她，深入她的身體。經過一場激烈的爭吵，他們狂熱地呑噬對方。那一刻，她以爲他接受了她那一句『對不起』。

誰知道第二天他就不辭而別了。

沒有甚麼羞辱比這個羞辱更大。

既然忘了，他爲甚麼要回來呢？他仍然是那麼自私，只希望讓自己的良心以後好過一點。

從溫哥華飛往香港的班機起飛了。杜蒼林帶著滿懷的疑惑和失落回去。

機艙裡，一個嬰兒哭得很厲害。

抱著嬰兒的女人，突然站起身，朝他走過來，那是莫君怡。她爲甚麼會在這裡？會抱著一個孩子？

莫君怡把孩子放在他懷裡，說：

『他是你的孩子，你來抱他！』

他抱著孩子，孩子不哭了。

然後，王莉美開始哭泣。

莫君怡用手支著椅子，虛弱而苦澀地望著他。

夜裡，嚴英如把那年萬聖節她扮成恐龍怪獸的那件戲服拿出來穿在身上。多少年來，每當她不開心，她會穿起這件怪獸衣。這件衣服喚回了她許多美好的回憶。那天晚上，她也是穿著這一身衣服跑去找杜蒼林的。杜蒼林穿的，是大蝴蝶的衣服。他走的時候，留下了那套蝴蝶戲服。她一直把它和自己的怪獸衣放在一起。

她早就應該把他忘記了，這隻假蝴蝶是過期居留的。真的那一隻，在許多年前已經飛走了。

10.

多少年來，周曼芊一直想著那天晚上發生的事。天長日久已經泛黃的記憶一次又一次重現，同時也一次又一次讓她鼻酸。她還是沒法理解，她所愛的那個男人爲甚麼會悄然無聲地離開她的生命。

她和姜言中一起七年。最後的一年，他們住在一起。一天午夜裡，當她醒來，她看到他直挺挺的坐在牀上。

『怎麼啦？你在想甚麼？』她輕輕的問。

姜言中看了看她，嘆了口氣，說：『我想過一些一個人的生活。』

周曼芊慌亂地從牀上坐起來，看到姜言中的眼睛是紅紅的，好像哭過。

『你在說甚麼？』她問。

沉默了片刻之後，姜言中說：

『我想以後有多一點的私人時間，你可以搬回去家裡住嗎？』

『爲甚麼？』她用顫抖的嗓音說。

姜言中望著她，半晌沒有說話。眼神是悲哀的，心意卻決絕。

整個晚上，周曼芊躲在被窩裡飲泣。身旁的姜言中，已經不像從前那樣，看到她流淚的時候，會抱著她、安慰她。她很清楚的知道他沒有愛上別人。他對她是那麼的好，他們天天也在一起。每晚睡覺的時候，他會握著她的手。天冷的時候，他會把她那雙冷冰冰的腿放在自己溫熱的肚子上，讓她覺得暖一些。

這七年的日子太快樂了，沒可能會這樣終結。

也許是工作壓力太大吧？也許他是有苦衷的吧？她應該讓他靜一靜。第二天，她聽他的話暫時搬去好朋友范玫因家裡。走的時候，她只是把幾件簡單的衣服放在他的皮箱裡帶走。那個小小的灰色皮箱，是用帆布和牛皮造的，是姜言中許多年前買的。箱子的頂部，有一隻鴿子標誌。

周曼芊提著行李箱離開的時候，姜言中坐在家裏那張書桌前面，手裡拿著一本書，心不在焉的看。

『你打電話給我吧。』她回頭跟姜言中說。

他點了點頭。

走出去之後，她才又哭了起來。她不敢在他面前哭。她儘量把整件事看成是一個小風波，她甚至認爲自己處理得很聰明。她悄悄的離開幾天，當她不在他身邊，他會思念她。

然而，一天一天的過去，姜言中並沒有打電話給她。

一天晚上，她回去了。姜言中還沒有下班，家裏的東西有點亂。他似乎很快便習慣了沒有她在身邊的日子。她把大衣脫下來，將家裡的東西收拾一遍。最後，她連浴室和廚房的地板也擦得光光亮亮。她抱著膝蓋，坐在冰冷的地上等他。已經是深夜了，他還沒有回來。也許，他已經過著另一種生活。

周曼芊從皮包裡拿出一包咖啡豆。這是他最愛喝的咖啡。她把咖啡豆放在桌子上，那裡有整整一千克，足夠他喝一段很長的日子了。一直以來，都是她去替他買咖啡豆的，那家店就在她上班的路上。從今以後，她也許沒法爲他做這件事了。

後來，她去了美國進修。她不能待在這裡天天想念他，她寧願把自己放逐，就像姜言中也放逐自己一樣。或許，在另一個地方，她可以把他忘記。

從美國回來之後，她在一所醫院裡任職。她是一位心理醫生。病人來找她解決問題，卻不知道，這位醫生的心裡也承受著沉重的過去。這些年來，她沒有愛過別的人。

現在，剛剛下班的她正開車回家，今天最後的一個病人，名叫王莉美，患上了夢遊症。

『夢遊症？』周曼芊沉吟了一會。

『是的。兩個星期前的一天晚上，我從睡夢中醒來，拿了車鑰匙，走到停車場，爬進自己的車子裡，然後把車開到高速公路上。我丈夫醒來時不見了我，開車去找我，在公路上發現了我的車子。當時，我的車子停在路邊，而我就昏睡在裡面。當他喚醒我時，我根本不知道自己為甚麼會在那裡。』

周曼芊根本沒有留心聽王莉美的故事。當她聽到『夢遊症』這三個字的時候，她的心已經飛得老遠了。姜言中小時也有夢遊症。六歲的那一年，他半夜裡從牀上爬起來，一個人走到大廈的天台。他爸爸媽媽發現他不見了，四處找他。當他們終於在天台找到他的時候，他趴在天台邊緣一道不足一米寬的欄杆上熟睡，只要翻一翻身從那裡掉下去，他便會粉身碎骨。他媽媽嚇得全身發抖，他爸爸小心翼翼的走過去把他抱起來。當他醒來的時候，他完全不記得發生過甚麼事。從那天開始，他的家人每晚臨睡前也把門和窗子鎖好。然而，夢遊的事，還是斷斷續續發生過好幾次。等到他十二歲之後，這個症狀才消失。

和姜言中分手之後，周曼芊很希望自己也能患上夢遊症。即使只有一次，也是好的。她不知道自己爲甚麼會這樣想。也許，如果她也有夢遊的話，她和姜言中會更接近一些。那就好比你愛上一個人之後，你發現原來你們小時候曾經住在同一條街上。也許，你們從前已經相遇過許多次了。彼此的感覺，好像又親密一些，大家還可以一起回味從前在那條街上的生活。

她就是很想有夢遊症。姜言中已經遠去了，能夠再次親近他的唯一方法，也許就是回到他六歲的那一年去，跟他一起患上夢遊症。可是，這個希望畢竟太渺茫了。小孩子患上夢遊症，有可能是中樞神經系統發育未完全。成年人之中，很少人會有夢遊症。她可以在夢裡思念他千百回，卻沒可能走進他夢遊的世界裡。

她回到家裡，放下公事包，泡了一杯咖啡。她本來不愛喝咖啡，現在也只是偶然才喝一杯；或許不能說是喝，她只是喜歡嗅著咖啡的香味。那股香味，常常能把她帶回去從前那些美好的時光裡。

姜言中一個人坐在這家Starbucks裡，叫了一杯espresso。

『今天很冷呢！』韓純憶來到的時候說。

『要喝杯咖啡嗎？』

『我不大喝咖啡的，就陪你喝一杯Caffe latte吧。』

『是的，喝咖啡不是甚麼好習慣。』姜言中低著頭說。

『爲甚麼你今天好像特別憂鬱似的？是跟天氣有關嗎？』

『是跟你的收入有關。』姜言中從口袋裏掏出一張支票交給她，『你看，你的版稅收入比我的薪水還要高，眞令人妒忌！』

韓純憶看了看支票，笑笑說：『如果賺不到錢，還有甚麼動力去寫作？』

『喜歡寫作的人，不是不計較收入的嗎？』

『誰說的？張愛玲拿到第一次投稿的獎金，不是用來買書，也不是用來買筆，而是買了一支口紅。我寫小說，也是爲了生活享受。』

『你常常把自己說得很現實，你根本不是那麼現實的人。』

『是嗎？』韓純憶不置可否。

『你的小說寫到哪裡？趕得及明年出版嗎？』

『我在搜集一些關於夢遊症的資料。』

『夢遊症？』

『小說裡其中一個角色是有夢遊症的。』

『你爲甚麼不來問我？』

『問你？』

『我小時候有夢遊症。』

『快點說來聽聽。』

『這要從六歲那一年開始說起——』他呷了一口咖啡說。

王莉美第三次來到周曼芊的診所。這一次，她終於說出心底話。她有外遇。

她的夢遊症也是從那個時候開始的。

人是多麼複雜的動物？這位太太努力隱藏心裏的罪惡，那個罪惡卻兇狠地操縱著她的身體，夢遊是她良心的嘆息。她不能原諒自己背叛丈夫，卻又沒法離開情人。

『爲甚麼你可以同時愛著兩個男人？』周曼芊問她。

王莉美笑了笑：『他們是兩個完全不同的人。』

丈夫和情人，是兩個完全不一樣的人，這就是她爲甚麼同時愛著他們的原因。這個答案，是如此理所當然。

那一刻，周曼芊忽然覺得自己的問題很笨。她該問自己，她又爲甚麼只能愛著一個男人呢？她慘然地笑了。

離開診所的時候，王莉美指著她桌上的傳呼機，說：

『現在已經很少人用傳呼機了，而且你的傳呼機還像掌心那麼大。』

『是的，我這一部是古董。』周曼芊笑笑說。

這一部傳呼機，她一直捨不得換掉。即使是去了美國讀書的時候，她還是託范玫因爲她繳付傳呼台的台費，保留著這個傳呼號碼。也許，不知道哪一天，姜言中會想起她。那麼，當他用以前的號碼找她，還是可以找到。

留著一個號碼，不過是爲了守候一個人。

那天晚上，姜言中說他想要過一些一個人的日子，他沒說那段日子要有多長，只是她也沒想到已經有那麼長了。她一直盼望他過完了一個人的日子，便會回到她身邊。

姜言中已經喝到第三杯 espresso 了。

『十二歲之後，我的夢遊症也消失了。』他說。

『那麼，你十二歲之後的事呢？』韓純憶問。

『那時我剛剛開始發育，你不是想知道詳細情形吧？』他打趣地說。

『我從來沒聽過你的情史。』

姜言中笑了笑：『我才不會這麼笨。我告訴了你，豈不是變成你的小說題材？』

『難道你沒有被人愛過，也沒有愛過別人嗎？』

『沒用的，我不會告訴你。我不相信女作家。』

『那算了吧，反正你的戀愛經驗也不會很豐富。』

『爲甚麼這樣說？』

『你是個表面瀟灑，內心柔弱的男人。我有說錯嗎？』

韓純憶怎麼會這樣瞭解他呢？他有點尷尬。

『你想再要一杯咖啡嗎？』姜言中問。

『好的，我還想談下去呢。』韓純憶托著頭說。

現在坐在診所裡的男人，名叫梁景湖。他的女兒梁舒盈是東區醫院的護士，周曼芊在那裏待過一段日子，跟她是老同事。幾個星期前，這位還有一年便退休的教師穿上死去的太太的裙子，打扮成女人在路上徘徊，被警察逮住了。梁舒盈希望周曼芊可以跟他談談，她答應了。上一次，梁景湖是和兒子一起來的，他甚麼也不肯說。今天，他沒有預約，自己一個人跑來。

梁景湖哀傷地思念著逝世的太太。那天晚上，他身上穿著的裙子，還有假髮，高跟鞋和皮包都是亡妻的。雖然這種做法有點不可思議，但是，他太思念她了。穿上太太的衣服回去他從前每天送她上班的路上，彷彿也能夠喚回那些美好的歲月。

『我是不是有病？』梁景湖一邊說一邊流淚。

『不，你沒有病。』

『我以後也不會這樣做了，我不想失去我的兒女。』梁景湖說。

每一個人都會用盡方法去跟自己所愛的人更接近一些。這位可憐的男教師，穿上亡妻的衣服，讓妻子在他身上復活，那樣他便可以再次撫摸她，再次牽著她的手陪她走一遍他們從前常常走的那段路。周曼芊想夢遊一回，卻比穿上舊情人的衣服要艱難許多。

開車回到家裡的時候，已經是夜深了，周曼芊脫下大衣，趴在牀上，把護照和機票從牀邊的抽屜裡拿出來。明天，她要起程去美國羅省參加一個研討會。剛才跟范玫因吃飯的時候，喝了一點酒，她昏昏地睡著了。

她覺得很冷，醒來的時候，她發現自己不是在牀上，而是在天台的地上。她手中拿著家裡的鑰匙，身上穿著昨晚臨睡時穿著的衣服，左臉擦傷了，還在淌血。她爲甚麼會在這裡呢？

她跑到大堂找管理員。

『周小姐，早。』管理員跟她打招呼。

『你昨天晚上有沒有看見我？』

『是啊！我半夜三點多鐘巡邏的時候看到你在天台。』

『我在天台幹甚麼？』

管理員搔搔頭，說：『是的，我也奇怪，天氣這麼冷，你站在那裡不怕著涼嗎？但昨天晚上的星星很漂亮，漫天都是。你靠著欄杆，看著天空，我想你是到天台去看星星吧。』

『我的眼睛是睜著的還是閉著的？』

『當然是睜著的。』

『那謝謝你。』

『周小姐，你臉上有血。』

周曼芊摸摸自己那張幾乎凍僵了的臉，笑著說：『不要緊。』

不管是甚麼原因，她夢遊了。她半夜裡模模糊糊地爬起來，拿了鑰匙開門，然後走上天台，在那裡看星星。第二天早上，當寒冷的北風把她吹醒時，她躺在地上，對所發生的事完全沒有記憶。她和姜言中一起夢遊了。就像姜言中六歲那年一樣，她也是去了天台。如果可以，她想再睡一次，再夢遊一回，那麼，就可以更靠近他一些。

第二天，周曼芊懷著快樂的心情登上飛往羅省的班機。夢遊的後遺症，是她著涼了，患上重感冒。但她很樂意有這個病。身上的感冒是夢遊的延續，讓她還可以沉醉在那唯一一次的夢遊裡。

幾天之後，她從羅省回來。當她去領回行李的時候，她看見一個男人站在行李輸送帶的旁邊。那個背影很熟悉，是他嗎？男人回望過來，眞的是姜言中。他也看到她了，靦腆地跟她點了點頭。

『你也是從溫哥華回來的嗎？』姜言中問。

『不，我是從羅省回來的。』

姜言中看到她的鼻子紅紅的，聲音有點沙啞。

『你感冒嗎？』

『是的，是重感冒。已經好多了。』

『有沒有去看醫生？』

『吃過藥了。』

姜言中不知道說些甚麼好。『哪一件行李是你的？』他終於說。

『還沒有出來。』

沉默了片刻之後，她問姜言中：

『你還是一個人嗎？』

他微笑點了點頭。

她看見她那個皮箱從輸送帶轉出來。

『我的行李出來了。』

『是哪一個？』姜言中問。

『灰色的那一個，上面有鴿子的。』

『我看到了。』

姜言中替她把那個皮箱拿下來。

『謝謝你。』

『要我替你拿出去嗎？』

『不用了。』她提起皮箱。

『再見。』她回頭跟他微笑揮手。

天黑了，姜言中已經喝到第十一杯espresso，他有點醉了。

『你想不想聽一個關於背影的故事？』他問韓純憶。

『是朱自清的那篇〈背影〉嗎？』

『不。是另一個背影。』

『嗯。』韓純憶點了點頭。

『男人跟一個女人一起七年了。他很愛她，日子也過得很甜蜜。一天，他發現自己原來一直也在逃避和遷就，他根本不喜歡這種生活，不是不愛她，而是他發現他正在一點一點的失去自己。一天晚上，他終於告訴她，他想一個人過日子。第二天，女人提著一個皮箱離去。他坐在書桌前面望著她的背影。那個皮箱或許重了一些，她的肩膀微微地向一邊傾斜。她回頭跟他說：『你打電話給我吧。』他答應了，卻沒有實踐諾言。許多年後，他跟她重遇。這一天，她也是提著那個皮箱。這一次，那個皮箱太重了，她的肩膀重重地向一邊傾斜。這些年來，他一直認爲自己離開她是對的。既然他不享受那種生活，他不想騙她。早點分手，她還可以去愛另一個人。然而，重逢的這一天，當他再一次看到她提著皮箱離開的背影，他很內疚。他曾經是多麼的差勁，爲了自由，辜負了一個愛他的女人。

『那個男人現在已經找到了自己，重建了自己的生活嗎？』

『找到了。但是，當然難免會有點寂寞。』

『也許，她已經找到了愛她的人。』韓純憶說。

『是的。她那天的笑容還是像從前一樣甜美。』

今天晚上，周曼芊跟范玫因在一家義大利餐廳裡吃飯，她點了一杯espresso。

『那天我跟方志安在Starbucks，見到一個人，很像姜言中，當我回頭再看，已經不見了他。』范玫因說。

『是嗎？』周曼芊悠悠地說。

『你還在等他嗎？』范玫因問。

『不等了。』

『是甚麼時候開始不等的？你不再思念他嗎？』

『思念，也是會過期的。』

『喔，是的。』

『你呢？還是每天早上打電話叫邵重俠起牀嗎？』

『沒有了。』

『爲甚麼？』

范玫因笑了笑：『依戀，也是會過期的。』

『那方志安呢？』

『他老早就過期了。』

『有沒有永不過期的東西？』

『有的。古董。』范玫因說。

『你聽過一個關於蝴蝶的故事嗎？』周曼芊說。

『甚麼故事？』

『一個高僧，晚年在一道宏偉的山門上，看到一隻弱不禁風的蝴蝶搖搖擺擺就飛過去了。那一刹，他頓悟了人生的輕盈與沉重。我們以爲自己愛得死去活來，沒法放棄；可是，就一個微小的節骨眼，你會突然清醒過來。』

『可惜，等那個節骨眼，不知道要等到甚麼時候呢！』范玫因說，『只怕等到自己都過期了，也還等不到那一天。』

午夜時分，收音機裡播放著夏心桔主持的 Channe1 A。一個二十四歲的女孩子戀上一個已婚的男人。她說，她會用一生去守候他。

『你也無非是想他最終會選擇你吧？如果沒有終成眷屬的盼望，又怎會用一生去守候？』

『守候是對愛情的奉獻，不需要有結果。』那個女孩溫柔而堅定地說。

周曼芊坐在收音機旁邊的搖搖椅上，昏黃的燈下，她把自己那雙冰冷的腳放進兩隻羊毛襪子裡。現在，她覺得暖好多了。重逢的情景，她曾經在夢裡想過千百回。這些年來，她一直守候著這個男人，盼望他有一天會回到她身邊。再見的時候，她會告訴姜言中：『我的電話號碼還是跟以前一樣。』她永遠等他。然而，在機場碰到他的時候，她心裡很平靜。

也許，因爲她已經夢遊過了，她的守候業已完成。

重逢的一刻，親密的感覺更比不上她走進姜言中夢遊的世界裡，和他體驗同一種經歷，宛若他們年少曾經住在同一條街上。在還沒有相愛之前，已經相遇過千百遍了。她也是時候給自己自由了，那隻蝴蝶已經飛過了山門。

（全文完）

國家圖書館出版品預行編目資料

蝴蝶過期居留／張小嫻著；-- 初版.-- 臺北市：皇冠，2002〔民91〕
面；公分.--（皇冠叢書；第3170種）
（張小嫻作品；24）
ISBN 957-33-1850-4

857.7　　　　91000411

皇冠叢書第3170種
張小嫻作品 24

蝴蝶過期居留

作　　者—張小嫻
發 行 人—平鑫濤
出版發行—皇冠文化出版有限公司
台北市敦化北路120巷50號
電話◎2716-8888
郵撥帳號◎1526151～6號
香港星馬總代理—皇冠出版社(香港)有限公司
香港灣仔告士打道80號16樓
電話◎2529-1778　　傳真◎2527-0904
出版統籌—盧春旭
編務統籌—金文蕙
編　　輯—林淑卿
校　　對—鮑秀珍・謝晴
美術設計—吳慧雯
印　　務—張芸嘉・林佳燕
行銷企劃—王慧玲
著作完成日期—2000年6月
初版一刷日期—2002年3月
初版二刷日期—2002年4月
法律顧問—蕭雄淋律師、王惠光律師

讀者服務傳真專線◎02-27150507
皇冠文化集團網址◎http://www.crown.com.tw
電腦編號◎379024
國際書碼◎ISBN 957-33-1850-4
Printed in Taiwan
本書定價◎新台幣 200 元